「酒」と作家たち

浦西和彦 編

中央公論新社

#「酒」と作家たち　目次

Ⅳ　詩人・歌人の酒

「酒」と作家たち

Ⅰ　文豪の酒

漱石と酒

荒 正人
（文芸評論家）

夏目漱石の「幻影《まぼろし》の盾《たて》」（明治三十八年四月一日、『ホトトギス』）のなかに、「盃の底に残れる赤き酒の」（集英社版）というのがある。これは、赤い葡萄酒のことである。これを書きながら熊本の赤酒のことを念頭に浮べていたか、どうかは分らぬ。だが、『三四郎』には、こんな箇所がでてくる。――「三四郎は熊本で赤酒許《ばか》り飲んでゐた。赤酒といふのは、所《ところ》で出来る下等な酒である。熊本の学生はみんな赤酒を呑む。それが当然と心得てゐる」（集英社版）。注解には、こうなっている。

「熊本県の地酒。こうじを多く用い、保存がきくように灰を加えた、黄ないし赤褐色の甘味の強い酒。灰持ち酒《ざけ》ともいう。おもに正月などに飲む。黒貴の製法を受けつぐ」

わたしは、旧制第五高等学校（熊本市）出身の友人で、大学時代に級友であった友人に頼んで、赤酒を入手した。かれは、大分県の竹田で、醸造会社を営んでいる。赤酒をお願いしたら、白酒も一緒に送っていただいた。昔のは、こんなに甘くなかったがということであった。なお、新潟県で、製造し、販売している赤酒は、名前こそ赤酒だが、全く異なるということであった。漱石は、酒に弱かったので、熊本にいたとき、赤酒を実際に飲んだか、どうかは分らぬ。だが、名前はよく覚えていたらしい。

わたしの眼を通した文献で「赤酒」のことが最も詳しいのは、『日本社会事彙』（明治二十四年六月三日、経済雑誌社刊）の「サケ」の項目に出ているものである。その一部を写してみよう。

「……赤酒製造法。肥後国に於て製造せる赤酒の来歴を聞くに。往昔国主加藤清正征韓の役彼地にて其製法を伝習せりと云。（中略）近年清酒の需要漸く増加するに従ひ。赤酒の醸造大に其額を減し。明治十年西南の役前にありては。熊本城下のみにて。三千石以上を製造する者七十六戸ありしも。今や僅かに少して三戸と為れり。従来其額の最も多きは山鹿郡に在りと云。其製法は蒸米八斗に。水一石四斗。麴三斗二升を加へ攪拌《かくはん》して粥状と為す。此攪拌を施すに便ならしめんか為に予《あらか》しめ八斗の米を八分し。即ち一斗に麴四升。水一斗三升宛を加へ。時々攪拌して全く粥状となるに至りて。大桶に合併し。

更に攪拌して熱湯を盈てたる小桶（湯桶と云ふ）を其中央に沈め。之に筵を蔽ひ。大凡《おおよそ》一時間毎に掻回《かきまわ》し。湯桶の冷ゆるを俟て。之を交換すること三回にして。漸く醱酵を呈するに至る」——赤酒の特色は、味醂の四分の一ないし二分の一の甘味をもつこと、これを飲むと頭痛がすること、また、無法に使う灰の成分は、欅《けやき》、椿《つばき》、柳、茶、梅など七種を調和したものだと云う。

赤酒の起原が朝鮮だとすると、これはもっとよく調べなくてはならぬ。黒貴との関係も曖昧である。これも研究しなければならぬ。熊本地方の水は、灰分が多いので、そんなことも関係あるかもしれぬ。

現代の赤酒は、確かに甘いけれども、白酒よりは人気があった。珍しい酒なので、みんなが喜んで飲んだ。わたしもうまい酒だと思った。漱石も一回位は口にしたかもしれぬが、東京に住むようになってからは、別に取り寄せた模様もない。門下生の寺田寅彦などは、多少は飲んでいたかもしれぬ。

赤酒は、日本のサケの起原に例光を投げかけると思うが、百科事典などには出ていない。その点は残念である。熊本の酒と云えば、クマ焼酎のほうがよく知れている。これは、日本のウォッカとして誇りうるものである。サツマ焼酎とならぶものだと思う。赤酒にしろ、焼酎にしろ、下等な酒とみなされているけれども、北ヨーロッパ諸国で愛用されているアクアヴィットは、馬鈴薯から製造している。

但し、漱石は、焼酎には全く縁がなかったかと思われる。体質的にアルコールに極めて弱かったようである。

漱石の『二百十日』（明治三十九年十月号『中央公論』）に、ビールのことが小さい情景として写されている。実際にあったことらしい。漱石は、明治三十二年九月初め、第五高等学校に勤務しているとき、同僚の山川信次郎とともに、阿蘇地方に赴いている。山川信次郎は、おなじ月に、東京の第一高等学校に転勤した。恐らく、この旅は、別れを惜しんでの登山ではなかったかと思われる。何日に出発し、何日に帰ってきたかは分らぬ。だが、往復ともに、馬車または徒歩での旅であったことは想像される。

漱石は、戸下《とげ》温泉で、「山里や今宵秋立つ水の音」と詠んでいる。ここで、「秋立つ」といっているのは、陰暦で、九月の初めの立秋を詠んだものかもしれぬ。漱石は、戸下温泉で一泊し、それから、阿蘇山に登ったのであろう（『二百十日』からは別の推定も成立する）。それから、下山し、内牧温泉の養神亭（現・山王閣）に向い、一泊し、阿蘇神社に詣で、「鳥も飛ばず二百十日の鳴子かな」と詠んでいる。九月一日か二日頃か。二人は、道に迷って、一日じゅう灰に濡れながら、薄と萩の原を歩いたらしい。「行けど萩行けど薄の原広し」と詠んでいる。阿蘇の入口、立野という馬車宿では、「秋暑し癒なんとして胃の病」も詠んでいる。

「二百十日」では、碌《ろく》さんと圭さんの会話ではこんでいく。宿の女中は、「半熟《はんじゅく》」を知らぬほど素朴である。ビールでも飲もうかとして、半熟とビールをと云っても、「ビールは御座《ござ》りませんばってん、恵比寿《えびす》なら御座ります」との返事である。これは、ライスならあるが、ごはんはないというのとは全く違う。もっと素朴な応答である。「半《はん》熟《じゅく》」は、恐らく、都会から普及したものであろう。また、ビールという言葉についてだが、女中のほうでは、全く知らなかったのか、少しは知っていたかということであろうが、恐らく後者であろう。むしろ、勘のいい女中だったかもしれぬ。当時、九州では、ビールの代りに恵比寿という商品名がひろく行われていたものらしい。ビールが今日のように普及したのは、戦後になってからで、戦前は、農村では、日本酒が圧倒的であった。当時のビールは、葡萄酒よりも遥かに、外国ふうの感じのする飲み物ではなかったかと想像される。

ビールの起原は極めて古い。「コンサイス外来語辞典」には、注として、「前18世紀、ハムラビ王の布告にすでにビールの記事がある」（原文横組）と出ている。この布告が発せらるまでの数千年まえに、ビールの醸造は行われていたものと想像される。ビールの起原は、約一万年を溯るのではないかと思う。これは、酒についても云えるかもしれぬ。だが、酒の歴史は、稲の起原とおなじ頃だとすると、公平にみて、ビールよりは幾らか新しいかもしれぬ。醸造の技術も、ビールから学んでいるのではないかという感じもする。――ビールの語原も興味ぶかいが、ここでは、簡単に記しておきたい。トルコ語では、ビラ（bira）、アラビア語でも、ビラ（bira）、ヘブライ語でも、ビラー（birah）である。古代エジプト語でも、恐らくbの音で始まっていたであろう。インドネシア語でもビル（bir）である。bir と bira はアラビア語から移入された外来語である。

日本では、江戸時代に、オランダ語の bier から、「ビール」という言葉が普及した。イギリス語からではない。「麦酒《むぎさけ》」と言ってもよかったのだが、原音を尊重するようになった。「麦酒、名はビイルと申候」と、フィッセルの『和蘭問答』（一七二八）に出ている。大槻玄沢『蘭説弁感』（一七九九）には、「ビールとて、麦にて造りたる酒あり、食後に用ふるものにて、飲食の消化をたすくるものといふ」とあるとのこと（荒川惣兵衛『角川外来語辞典』による）。日本で初めて、ビールを製造したのは、横浜では、明治四年（一八七二）、東京では、明治八年（一八七五）である。それまでは、多少の輸入品はあったかしれぬが、珍酒の一種であったと思う。ビールが食後酒となっていたことがあるのは、ちょっとおもしろい。現在では、ブランデー（コニャック）は、食後酒の代表になっているが、ビールがそんなふうに飲まれていたとは知らなかった。

　漱石は、阿蘇地方に行ったとき、恵比寿ビールを飲んだことがあるのだと思う。コップ一杯ぐらいではなかったろうか。集英社版『漱石文学全集』第三巻の注解には、次のようにでている。

「恵比寿《えびす》、明治二十三年に創立された日本麦酒醸造会社で醸造されたビールの商品名。笑顔の恵比寿が商標で、発売元は恵比寿ビール商会。相前後して、札幌麦酒、大阪麦酒などの各社が発足しているが、明治二十六年九月四日付『朝野新聞』に『近来麦酒の需要は追々増加し（中略）、此例（注ドイツの例）に倣ひ、関東以東はエビス、関西以西はアサヒ麦酒の版図とし、共に其範囲外に出で、競争をなさず、他の麦酒を圧倒せんとの考察にて、目下両会社中に協議中なりと』という記事が見える。明治三十二年七月に京橋区（現・中央区）南金六町（新橋際）に開店したビアホールも、わが国で最初の試みだったが、時尚に投じて好評だった。ちなみに恵比寿ビールの醸造所は当時、府下大崎町にあったが、いまの山手線恵比寿駅は、そのビールの商品名が一般化して地名となったものである」。これでみると、「恵比寿ビール」が九州地方に、固有名詞を越えて、普通名詞とまでなった事情はよく分らぬ。その後、販売区域の変動があったものと思われる。

日本酒も、地酒はべつとして、全国を販売区域とするときには、地方での独占を行ったらどんなものであろうか。ただし、これは時代錯誤として非難されるかもしれぬ。もうひとつ、日本酒も白酒系統の甘いものは、食前に、焼酎のように辛いものは食後にして、普通のものは、食中酒として飲むように、飲み方の工夫と改良をすると、葡萄酒に対抗して発達するのだがと思う。

漱石は、酒には体質的に弱かった。父親の夏目小兵衛（直克）も、祖父も、人並みには飲んでいた。祖父は雑司ケ谷の料理屋で酒を飲んでいるときに急死した。長兄大一も、次兄栄之助も、恐らくは三兄直矩《なおのり》もおなじであったらしい。伸一も、伸六も、父親とは異なり、酒は飲める。だが、漱石が十五歳のときに死んだ母親ちゑ（千枝）はどうであったろうか。漱石には、異母姉のさわ（佐和）とふさ（房）がいた。彼女たちはどうであったろうか。この点も興味を惹く。漱石は、家系のなかで、酒の飲めぬという点では全く孤立している。遺伝学者は、これをどう解釈するのであろうか。

漱石は、松山でも、熊本でも、酒を飲むことはしなかった。旅行先でもおなじであったかと思う。ロンドンでもおなじであろう。ロンドンから帰る間際に、スコットランドに遊んでいるが、スコッチ・ウイスキーなど、一杯も口にしなかったであろう。いや、ロンドンでも、パブ（Public-house）に通って、ビールも、エールも飲まなかったであろう。だが日本人と会ったりしたときは、ビールを一杯ぐらいは飲んだかもしれぬ。それも付き合いという程度を越えたものではなかったと思う。漱石がパブに通う程度に酒を飲むことができたならば、イギリスにもっと好意を抱いていたかもしれぬ。

漱石は、日本に帰り、『吾輩は猫である』を書き始め、文名があがるにつれ、門下生たちが集まってきた。門下生たちは、一、二杯の酒で顔が赤くなるという人たちはほとんどいなかったらしい。酒ぐせの悪いのもいた。鈴木三重吉などはその一人で、いわゆるからみ酒であった。他の門下生たちは大いに悩まされたらしい。漱石に向っては、気焔はあげてもからむことはしなかった。漱石のほうでは、門下生たちが酒を飲みに来ることは余り嫌がらなかった。お正月には、門下生たちは必ず、酒を飲みにやってきた。自宅でお花見を催したこともある。また、安倍能成の所に一升瓶を持って来たこともある。

酒を飲むと胃潰瘍になるといわれているが、漱石は飲まなかったにもかかわらず、胃潰瘍で、生命を失った。素人の想像では、胃が悪かったので飲まなかったのかとも思われる。だが、胃を悪くするより前から、飲めなかったようである。

漱石は、他人が飲むのにはなんの異議も挟まなかった。だが、一度だけ、小栗風葉は初対面で、酔態を発揮してどなられたことがある。小栗風葉は漱石のような大先生に初めて会うので、酒を飲んで気を大きくして行ったのである。そのとき、確か、森田草平に連れられて行ったのであったが、小栗風葉もさんざんなめにあったと云えよう。これが鈴木三重吉ならば叱られずにすんだのではないかと思うと、余計に可哀相である。

わたしは、漱石と違って酒は親ゆずりで強いが、酔態は嫌いである。いや、正直をいうと、日本人は余りに弱すぎると思う。宴会も好ましくないし、飲み屋も余り感心しない。酒を飲まなければ打ち解けることができぬというような気風には余りなじめない。だから、他人の飲みぶりも多少気にかかる。

漱石の時代には、現在のバーも、飲み屋もなかった、いや、後者に類するものはあったらしい。木曜会に集まった人たちで酒を飲む人たちは、帰りはそこへ立ち寄った。このことから推定すれば、木曜会には酒はでなかったらしい――漱石は晩年になるにつれて、すき焼を最も好んだらしい。これは胃の状態と関係があろう。だが、ビールとか日本酒をあわせて飲むということはなかったから、すき焼の味も幾分か劣ったものになったろう。

漱石の門下生の一人であった寺田寅彦の「記」には、ベルモットをよばれたことがでてくる。――当時、ベルモットがどんなふうに紹介されていたかを、斉藤覚次郎編（明治四十年二月二十八日、郁文舍、吉岡宝文館刊）によると、つぎのようになっている。

べるもっと　香竄葡萄酒の一種なり、通常の製法は、ベルモット・エリトレア・苦橙皮・幾那皮・括失亜・白蓝・健質亜那・菖蒲根等を麻布製の袋に入れ、葡萄酒中に浸しおくこと五週間ばかりある時は、此の葡萄酒に佳良なる香味を附すべし、のちなほフロレンチ根・肉豆蔻・丁香等の酒精浸出液を加へ、適宜に佳香を附加すべし、図に示せるは、べるもっとかつぶなり。

ベルモット（Vermouth）（仏）は、Vermut（独）から生じた名称で、これは苦《にが》よもぎを意味する。フレンチは辛く、イタリアンは甘い。ここで紹介されているのは、イタリアンかと思う。当時は、阿刺吉（アラキ）とおなじような珍酒だったかもしれぬ。漱石は、明治三十三年十月十九日、イタリアのジェノバで、グランド・ホテル（同じ名のホテルが二軒ある）に泊っている。これは、西洋で泊った最初のホテルであった。そのとき、食前酒として、イタリアン・ベルモットが出ても、飲んだかどうかは分らぬ。

漱石が作品のなかで、酒をどんなふうに扱っているか具体的にみてみたい。——『吾輩は猫である』（明治三十八年一月―三十九年八月、『ホトトギス』）でみてみたい。

苦沙弥先生はこんな日記をつける。

「神田《かんだ》の某亭《ぼうてい》で晩餐《ばんさん》を食ふ。久《ひさ》し振《ぶ》りで正宗《まさむね》を二三杯《ぱい》飲《の》んだら、今朝《けさ》は胃《ゐ》の具合《ぐあひ》が大変《たいへん》い〻。胃弱《ゐじゃく》には晩酌《ばんしゃく》が一番《いちばん》だと思《おも》ふ。タカヂャスターゼは無論《むろん》いかん。誰《たれ》が何《なん》と云《い》っても駄目《だめ》だ。どうしたって利《き》かないものは利《き》かないのだ」

苦沙弥先生は、胃弱で、タカヂャスターゼという消化剤を飲んでいたけれども、余りきかないので、寒月と二人で日本酒を傾けたところ、かえって調子がよかったので、こんなことをかきとめているのである。これは恐らく実際の体験にもとづくものであろう。但し、漱石は盃で二、三盃飲んだことがあるか、どうかは余りはっきりしない。寒月は、寺田寅彦である。神田の宝亭という料理屋にはよく行っている。

つぎに、寒月を娘の婿に貰いに来た金田鼻子の鼻をからかって『次《つぎ》が此鼻に神酒供へといふのさ』という俳体詩がでてくる。ここでは、神酒もからかわれている。

からかわれていると云えば、金田鼻子はみんなから大いにからかわれ、腹を立てている。寒月のことを聞きに行ったお礼に、苦沙弥先生のもとに、ビール一打《ダース》を車夫に持たせて届けたところ『俺《おれ》はジャムは毎日《まいにち》舐《な》めるがビールの様《やう》な苦《にが》い者《もの》は飲《の》んだことがないって、ふいに奥《おく》へ這入《はい》って仕舞《しま》ったって――』というようなことになってしまう。ジャムとビールは甘党と辛党を代表させたものである。これは今日でもその通りかもしれぬ。

当時、大町桂月という酒好きの評論家がいた。漱石のことを論難していたらしい。苦沙弥先生は、盃で四盃も飲んで、顔が焼火箸のようにほてってきた。大町桂月は、漱石に向って、酒を飲んで、交際をして、道楽をして、旅行をしろと云ったことがある。それを巧みに取り入れ、苦沙弥先生と細君の遣り取りとしている。細君は、酒も好まぬが、道楽にも反感を抱いている。苦沙弥先生は、金があれば道楽もやるさとは云うが、酒は飲むとは云っていない。これは、体質的にふさわしくないとあきらめているらしい。

つぎに面白いのは、インスピレーションを逆上の一種と解釈し、湯のなかで酒を飲んだり、また、葡萄酒の湯に這入ったりすればよいとし、「酔《よ》っぱらひの様《やう》に管《くだ》を捲《ま》いて居《ゐ》ると、いつの間《ま》にか酒《さけ》飲《の》みの様《やう》な心持《こころもち》になる」という心理学応用の具体案を説いていることである。実際は、原稿を書くとき、酒を飲んでいると、インスピレーションは湧くかもしれぬが、文章がそんなに光彩を放つわけでもない。漱石は酒を飲まなかったから、その実状を余りよく知らなかったのではないかと思う。『吾輩は猫である』には味淋や焼酎のこともでてくる。苦沙弥先生は、昔、友人と合宿しているとき、ある人がビールを徳利《とっくり》に入れて一人で楽しんでいたのをちょっと失敬して、飲んで顔中真赤にはれあがったのである。焼酎のほうは、一種の形容句として使っている。寒月が高等学校の学生の頃、深夜、山に登って、人目をしのんで、ヴァイオリンの練習をしようとすると、後ろの古沼の奥でギャーという声がしたときに驚いた模様をこんなふうに描いている。「其《その》うちに総身《そうしん》の毛穴《けあな》が急《きふ》にあいて、焼酎《せうちう》を吹《ふ》きかけた毛脛《けずね》の様《やう》に、勇気《ゆうき》、胆力《たんりよく》、分別《ふんべつ》、沈着《ちんちゃく》杯《など》と号《がう》する御客様《おきゃくさま》がすうすうと蒸発《じょうはつ》して行《ゆ》く。心臓《しんぞう》が肋骨《ろくこつ》の下《した》でステテ、コを踊《おど》り出《だ》す。両足《りやうあし》が紙鳶《たこ》のうなりの様《やう》に震動《しんどう》をはじめる。これは堪《たま》らん」。これは、寺田寅彦が実際に体験したところに基づいているのだが、文章としても興味ぶかい。飲めもしない焼酎（熊本産の米を原料にしたクマ焼酎と思われるが）をこんなに効果的に使ったのはさすがだと感心する。

『吾輩は猫である』の終りには、麦酒のことがしきりに出てくる。十一には、

(1)「右《みぎ》の手《て》へ重《おも》さうに下《さ》げた四本《よんほん》の麦酒《ビール》を縄《なわ》ぐるみ、」

(2)『何《なん》だい其《その》ビールは』

(3)「『そりゃ愉快《ゆくわい》だ。先生《せんせい》私《わたくし》は生《うま》れてから、こんな愉快《ゆくわい》な事《こと》はないです。だからもう一杯《いっぱい》ビールを飲《の》みます』と自分《じぶん》で買《か》って来《き》たビールを一人《ひとり》でぐい〳〵飲《の》んで真赤《まっか》になった。」

(4)「吾輩《わがはい》は我慢《がまん》に我慢《がまん》を重《かさ》ねて、漸《やうや》く一杯《いっぱい》のビールを飲《の》み干《ほ》した時《とき》、妙《めう》な現象が起《おこ》

った。始《はじ》めは舌《した》がぴり〳〵して、口中《こうちう》が外部《ぐわいぶ》から圧迫《あっぱく》される様《やう》に苦《くる》しかったのが、飲むに従《したが》って漸《やうや》く楽《らく》になって、一杯目《いっぱいめ》を片付《かたづ》ける時分《じぶん》には別段骨《べつだんほね》も折《を》れなくなった。もう大丈夫《だいじゃうぶ》と二杯目《にはいめ》は難《なん》なく遣付《やっつ》けた。序《ついで》に盆《ぼん》の上《うへ》にこぼれたのも拭《ぬぐ》ふが如く腹内《ふくない》に収《おさ》めた。」

(4)は、『吾輩は猫である』の猫がビールに酔っぱらって、水がめに落ちて、お陀仏になるという結末である。猫の酩酊状態がよく描かれている。酒を浴びるように飲んだから、小説にそれが巧みに活かされるということにはならぬ。これは女性の生態や心理についてもいえる。『吾輩は猫である』には、シャンペンのこともでてくる。漱石は、酒好きではなかったけれども、文学のなかには、酒をいかして登場させている。これは意外でもある。（引用は集英社版『漱石文学全集』）

『坊っちゃん』九に、うらなり先生の送別会が描かれている。これは、漱石の松山中学（伊予尋常中学）での体験を素材に使っているものかと思うが、第五高等学校や第一高等学校での体験を織りまぜているかもしれぬ。

わたしは、大学を卒業した時、東京の近郊にある仏教寺の中学校で、出征する教師の送別会その他で、似たような体験をした。

うらなり先生の送別会のあるという日の朝、山嵐と坊っちゃんは和解し、送別会の内幕について語りあう。うらなり先生が日向の延岡まで落ち延びなければならぬのは、赤シャツがうらなり先生を遠ざけて、マドンナという美人を手に入れる策略であった。「坊っちゃん」は山嵐をおだてて、赤シャツその他を撲ってやらぬかと勧めるが、山嵐のほうでは、今夜はまだ見合せておこうと慎重である。

「二人《ふたり》が着《つ》いた頃《ころ》には、人数《にんず》ももう大概揃《たいがいそろ》つて、五十畳《ごじふでふ》の広間《ひろま》に二《ふた》つ三《み》つ人間《にんげん》の塊《かた》まりが出来《でき》て居《ゐ》る。五十畳丈《ごじふでふだけ》に床《とこ》は素敵《すてき》に大《おほ》きい。おれが山城屋《やましろや》で占領《せんりやう》した十五畳敷《じふごでふじき》の床《とこ》とは比較《ひかく》にならない。尺《しやく》を取《と》つて見《み》たら二間《にけん》あつた。右《みぎ》の方《はう》に、赤《あか》い模様《もやう》のある瀬戸《せと》物《もの》の瓶《かめ》を据《す》ゑて其中《そのなか》に松《まつ》の大《おほ》きな枝《えだ》が挿《さ》してある。松《まつ》の枝《えだ》を挿《さ》して何《なに》にする気《き》か知《し》らないが、何《なん》ケ月《げつ》立《た》つても散《ち》る気遣《きづかひ》がないから、銭《ぜに》が懸《かゝ》らなくつて、よからう。あの瀬戸《せと》物《もの》はどこで出来《でき》るんだと博物《はくぶつ》の教師《けふし》に聞《き》いたら、あれは瀬戸物《せともの》ぢやありません、伊万里《いまり》ですと云《い》つた。伊万里《いまり》だつて瀬戸物《せともの》ぢやないかと、云《い》つたら、博物《はくぶつ》はえへツと笑《わら》つて居《ゐ》た。あとで聞《き》いて見《み》たら、瀬戸《せと》で出来《でき》る焼物《やきもの》だから瀬戸《せと》と云《い》ふのださうだ。おれは江戸《えど》つ子《こ》だから、陶器《たうき》の事《こと》を瀬戸物《せともの》といふのかと思《おも》つて居《ゐ》た。床《とこ》の真中《まんなか》に大《おほ》きな懸物《かけもの》があつて、おれの顔位《かほぐら》ゐな大《おほ》きな字《じ》が二十八字《にじふはちじ》かいてある。どうも下手《へた》なものだ。あんまり不味《まづ》いから、漢学《かんがく》の先生《せんせい》に、なぜあんなまづいものを麗々《れいれい》と懸《か》けて置《お》くんですと尋《たづ》ねた所《ところ》、先生《せんせい》があれは海屋《かいをく》と云《い》つて有名《いうめい》な書家《しょか》のかいた物《もの》だと教《をし》へてくれた。海屋《かいをく》だか何《なん》だか、おれは今《いま》だに下手《へた》だと思《おも》つて居《ゐ》る」（集英社版、但し、漢字は常用漢字）

少し長くなったが、宴会場の雰囲気はよく写していると思う。「花晨亭《かしんてい》」（梅の屋〈二番町三番地〉のことであろう。現在はない）といって、家老の家屋を料理屋に改造したものである。坊っちゃんは、五十畳に驚いているが、現在では、百畳にも驚くような人たちは余りいまい。

形式だけの挨拶がすみ、口取《くちとり》をちゅうちゅうとすすり、刺身をうまそうに食い始める。そこへ、芸者が二、三人はいってくると、一座は急に賑やかになる。先生たちは日頃遊びなれていないためか、芸者と一緒に唄をうたうのが嬉しくて仕方ない。山嵐は、漢詩をうたい、野だは、越中褌一つになって、日清談判破裂して……という、当時の流行歌をうたいながら、座敷中を練って歩きだした。宴会は晩《おそ》くまで続き、坊っちゃんが家に戻ったのは、十一時すぎであった。宴会では、校長の前にまかりでて献酬する者もいるが、うらなり先生は自分をばかにしている諸先生の前に出て、いちいち盃を差しださねばならぬ。これは現代でも続いている習慣かと思うが、余り見っともよいものではない。戦後になってからは幾らか自由になったけれども、献酬という習慣は根本的には改まっていないと思う。酒の飲めぬ漱石は、宴会という形式になじめなかったであろう。カクテル・パーティーというアメリカ式の風俗を全く知らなかったのは当然である。だが、イギリス留学時代に、パブに出入りしていたなら、宴会の風習をもっと冷酷に描いていたかもしれぬ。パブは、パブリック・ハウス（public-house）の口語的省略で、日本の飲み屋やバーとは全く違っている。女っ気は殆どない。おもにビールの類を飲みながら、雑談を楽しむ場所である。混み合うときには立って飲んでいる。漱石も友人たちに誘われれば、行ったことはあろう。だが、パブの雰囲気を賞賛した言葉は全く出てこない。

森鷗外に「懇親会」（明治四十二年五月『美術之日本』創刊号）という短篇がある。そこにも、宴会の情景が描かれている。鷗外はそのとき記者にからまれ、喧嘩を買ってでた。こんどあったら、軍刀を抜かなければならんようにしてやると脅され、いま、やろうということになった。

「僕に思索する暇はない。只彼が敵対するといふ丈は分つても、奈何に敵対するかといふことは分らずに、僕は立つた。彼の手は肘からすべつて、僕と右の手を据り合ふことになつた。彼は引く。僕は引かれまいとする。二人の足の尖は殆ど相触れて、右の手を引き合つてゐるのだから、丁度三角定木を倒に立てたやうな形になつた。彼は僕を庭へ振り落さうとする。僕は彼の手を離すまいとする。手を引き合つた儘、二人は縁から落ちた」（岩波版）——鷗外は、そのとき、花崗岩で左の手の甲に軽い怪我をした。こんなことは、酒の入る宴会では極めてありふれた事件であったと思う。鷗外は、なぜ、先制に出なかったかという心理の一端にふれている。漱石のばあいは、風俗としての写実を行っている。漱石と鷗外では、態度の差はあるにしても、宴会という風習に嫌悪と軽蔑の念を抱いていることである。これは知識人と一般庶民の感覚の落差だといえなくはない。だが、それだけでもない。

漱石は、「俳体詩」というものを作っている。明治三十七年七月から、明治三十八年八月十日付野間真綱宛葉書に書いたものまで、十五篇が残っている。これは、詩としても案外おもしろい。その最初のものは、高浜虚子にあてたもので、「送別」と題されている。

道《い》ふなかれ長き別れと
束の間も長きはわかれ
水落ちて鮎さびぬるを
眉てらす目こそ憂けれ
舞ふべくも袖短かくて

綰《わが》ねたる柳ちり〳〵
盃に泡また消えて
酒の味にがきか今宵
詩成れども唱へがたし

漱石は、高浜虚子と会い、別れたことが何回かあった。「送別」がいつの別れを指しているのか分らぬ。高浜虚子との別れのなかには、明治二十九年四月十日、伊予尋常中学校（松山中学）をやめて、熊本の第五高等学校に赴任するために、松山を出発し、三津浜から乗船し、東京に向う高浜虚子と同行し、宮島に一泊し広島で袂を別った時のことなども思いだされる。漱石は、紅葉谷の風物などを懐しく回想している。高浜虚子の勧めで、『吾輩は猫である』を書き始めたのは、この年の末であった。高浜虚子と別れる時、宿屋で、酒を酌み交したか、どうかは分らぬ。だが、「俳体詩」のなかに詠みこんでいる点には興味を覚える。お互いに別れを惜しんで、痛飲するというようなことがあれば、この詩の趣きもまた別のものになっていたかもしれぬ。だが、頭のなかでだけ想像して、形式的に、酒を詠みこんだのとも幾らか違う。漱石は、自分も飲めたらばよいのにという願望があったかとも思う。

明治二十八年の俳句に、「霽月《せいげつ》※に酒の賛を乞はれたる」とき「一句ぬき玉へとて遣はす五句」の初めのは、

「飲む事一斗白菊折つて舞はん」飯一斗

というのである。その五句はいずれも余りうまいとはいえぬ。おなじ年のものに、「新酒売る家ありて茸の名所哉」と詠んでいる。この取り合せはよい。——「送子規」として詠んだものに「御立ちやるか御立ちやれ新酒菊の花」というのがある。正岡子規は、松山で、漱石の下宿にいた。十月十七日、料亭花迺舎《はなのや》（松山市二番町三番地（現・三番））で、送別会があった。そのときのものであろう。新酒《しんしゅ》を詠んだものは幾つかある。

「御名残の新酒とならば戴かん」（明治二十九年）
「ある時は新酒に酔て悔多き」（明治三十年）
「落ち合ひて新酒の酔に托すべき」（明治三十一年）
「憂あり新酒の酔に托すべく」（明治三十一年）
「頓首して新酒門内に許されず」（明治三十二年）
「酔過ぎて新酒の色や虚子の顔」（年月不詳）

新酒の句は、酒を詠んだものでは意外に多い。新酒は、その年に醸造された酒で、火入れはしていない。漱石がなぜ新酒に関心を抱いたかと云うと、漢詩などの影響もあったかと思われる。新酒は、葡萄酒にもいう。ウィーンの九月、葡萄酒の道を小雨に濡れながらバスで通り、ウィーンの森の居酒屋で、わたしは新酒のグラスを傾けた。こくはないが、特別に鮮烈な味わいが全身に浸透する。ヴァイオリン弾きの奏でるさまざまな曲に合わせて、ケンタッキーの中年男やシリヤの乙女《おとめ》などをふくめて、みんなが肩を組んで揺れ動く。それは、ドナウ河のさざなみにも似ていた。漱石は、日本の新酒をどんなふうに味わったであろうか。

漱石は、新酒のほか「酒場《バー》」も扱っている。これは、現代のものとは幾らか異なる。初めにでてくるのは、『満韓ところどころ』（明治四十二年）で、「バー」となっている。漱石は行かなかったが、満鉄総裁をしていた、旧友の中村是公が出かけたのである。アメリカの士官たちと一緒であった。そのバーは、「満鉄」のクラスの付属で、大連（旅大）にあった。漱石は自分はいかなかったが、好奇の念には駆られていたらしい。

バーは、明治初年、銀座の函館屋に始まったともいわれる。粗末な飲み屋であったが、洋酒を扱っていた。それが次第に向上したものである。『満韓ところどころ』の「バー」は、外地で、西洋風のものであった。漱石の最後の作品になった未完の『明暗』では、

「酒場《バー》」も大切な役割を演じている。だが、漱石は常連でもなかったし、実際に行ったことがあるかどうかも分らぬほどであった。

※村上霽月（明治二―昭和二一年）松山に生まれ、第一高等学校に学ぶ。正岡子規の弟子。

Ⅱ　作家の酒

小説家と酒

楢崎勤（作家）

小説家は、その生活がダラしなくて、ものを書いていないときは、酒を飲んだり、女遊びをしたりしているように思われたものであった。しかし、そういうことは、あながち小説家のみについて言えることではない。誰しも、酒をのみたいものは酒をのみ、女遊びをしたいものは女遊びをしているのだ。ただ小説家は「私小説」などを書き、そのなかで自分の生活を仮借することなく、抉《えぐ》り出しているわけである。たまたま酒をのんでいるタアイもない姿をかいたり、女に惑溺している姿をあからさまにかいているので、それを、そのまま小説家の全生活のように思いこまれたりする。坂口安吾、太宰治といった小説家の死などについても、この二人の作家が、放埒無残な生活のなかで、無茶苦茶に酒をあおり、まるでノイローゼか何かになってしまったかのように取沙汰されたこともあったが、それは、この二人の作家の私生活の一部分を、拡大鏡にかけてみているに過ぎなく、事実は、この作家たちが、作家として、どのようにおのれを鞭うって、作家としての仕事をつづけていたかは抹殺されている。

もともと、作家生活はサラリーマンではないから、朝、何時までに会社に出て、デスクにむかい、夕方になったら、タイムレコードをおして会社を出るというようなそうした拘束はないから、酒を飲みたいときは、朝からでも飲むし昼からでも飲む。何も、酒は夜のむものとはかぎってはいない。小原庄助さんではないが、朝酒の味は、また格別なものがあるにちがいない。尾崎士郎さんは、朝酒をたしなむ、ということを、このごろ尾崎さん自身の口からきいた。尾崎さんといえば、酒をたのしむことでは、小説家のなかでも第一人者かもわからない。しかし、その酒の飲みっぷりは、いかにもいい。酔余の姿勢もいい。それとともにじつによく薬をのむ。おそらく、その酒量と殆ど同量の薬をのむ。書斎の机上、まわりには薬瓶がならんでいる。旅先きのカバンにはそれらの薬が侍医のごとく入っている。酒をのむ前に、酒をのんでる間に、酒をのまないときに、薬をパクパクと多量にのんでいる。薬の好きなことでは人後におちない私も、尾崎さんにはカナわない。ひところ胃潰瘍だとか、胃癌の疑いもあって尾崎さんは、ひどく焦悴していたが、このごろは、そういう心配もなさそうな顔をして、酒をのんでいる。

しかし、小説家は、たいてい酒をたしなんでいるように思われているが、酒をたしなまぬひとも相当いる。舟橋聖一氏など一滴も口にしない。酒席にあっても、銚子にコブ茶などをいれさせて、それを猪口につがせて、いかにも酒をのんでいる、といったふうである。なくなられた徳田秋声、上司小剣《かみつかさしょうけん》先生、それから広津和郎、宇野浩二氏なども飲まない。宇野氏のその初期の小説には、酒席に出る芸者とのあいだのいきさつを題材にした小説などからおして、いかにも酒をたしなむ小説家のようにも思われたものであったが、まったく酒に縁のないひとである。

酒におぼれ、酒のために死んだ、という作家では、この六月に亡くなられた豊島与志雄氏は、ある意味では酒中の仙であったかもしれぬ。亡くなられる前から、ずっと悪かった胃は、さらに悪化し、胸のほうもわるく、医師からは、もちろん固く酒を禁じられていたにもかかわらず、ついに酒盃は、その死の直前まで放さなかった、ときいている。好きな酒のためには、その生命の短かいことを決して惜しまないということは、まさに酒に殉じたものというところであろう。五、六年前に、私が編集していた雑誌に小説をたのみ、毎日、朝夕に催促して、やっと短かい小説をかいてもらったことがあった。昼すぎ、豊島氏から電話がかかり、社の近くの酒場にいるから、やって来いということであった。出かけると、豊島氏は薄暗い酒場の隅で、もう飲んでいて、かなり酔われていた。

「きみにかかっては、かなわない。とうとう書かされた」と、酒でも飲まなければ、というような薄笑いの影を、頬のあたりにうかべて云われた。

先輩の中村武羅夫さんが、まだ若いころ（明治末年）作家の間に、自分の存在をハッキリと知られるために、したたかに酒をのみ、背中に猥画をかいた裸になって、満座のなかで踊ったということを聞いたことがある。国木田独歩、真山青果といった、そのころの大家の前であった、という。これは酒の効用であろうか。

文壇酒友録

上林 暁
（作家）

私もこれで、色んな文壇人と盃を交している。しかし、今の私には、繁々と往き来して飲んだり、連れ立って出て飲んだりする友人はない。その点、私は孤独である。「肉体の離縁状」の作者原二郎氏が、時折誘いに来てくれるくらいのものである。一頃は、濱野修氏（ドイツ文学者、国会図書館勤務）とまるで同性愛みたいな附合いをして、濱野氏のアパートで、私の陋宅《ろうたく》で、或いはおでん屋で、静に酒を酌んだものであった。

私の酒友と言えば、会の席や飲み屋などで顔を合す文学仲間ということになる。一度や二度顔を合せた人も含めれば、そういう酒友は数限りなくあるとも言えそうである。私も酒の上では、かなり顔が広くなった。

そういう酒友の印象的な面影を描こうとすれば、迷惑かも知れないが、いつもまっ先に浮んで来るのが、井伏鱒二氏である。井伏氏はからだもよくて、徹宵飲んでも平気のようである。私は附合って飲んでいるうち、どうにも参ってしまって、中途で失敬することが多い。私が立ち上ると、「一人去り、二人去り、か」と言って、井伏氏は淋しそうな顔をする。私も、酒の相手に逃げられ、一人取残される淋しさを知らないではないが、「急ぎの仕事がありますから」と弁解する。井伏氏が人一倍仕事を大切にし、ひとの仕事も尊重してくれることを知っているので、私はそこに附け込むのである。井伏氏は諦めることもあるが、「今から帰ったって、どうせ仕事は出来ないだろ。明日の朝早く起きて書け」と引き止めることもある。井伏氏は、大酒を飲んだ翌る日も仕事をするようである。私が感心すると、そんな時にはノルモザンを飲んで濡れタオルで頭を冷しては一行書き、また冷しては一行書き、と云った風に書くのだそうである。

外村繁氏は、多少アルコール中毒の気があるらしく、飲み初めに、盃を手に持つと手が震え、酒をこぼしてしまうことがある。一杯入れば、しゃんとなる。酔えば、母校三高の寮歌や、古い小学校唱歌などを歌う。色白くからだが華奢なので、女形の所作が上手である。「金色夜叉」のお宮を演じたこともある。外村氏は真に放心して、酒を楽しむ風である。先達外村氏を訪ねると、たまたま浅見《あさみ》淵《ふかし》氏、江口榛一氏が来合せていて酒盛の最中で、私も御馳走になった。新婚の夫人にも、その時初めてお目にかかった。既に酔っていた外村氏は、殆ど手放しで夫人に睦み、我々は散々当てられたものであったが、あんな風に当て気なく振舞える人は珍しい。

青柳瑞穂氏が酒に酔うと、まるで子供のように無邪気に燥《さわ》ぐところ、私はそんな青柳氏が好きである。本当に嬉しそうである。私達中央線沿線に住む作家やジャーナリストで催す「阿佐ケ谷会」の会場は、いつも青柳氏のお宅である。主人役の青柳氏は出払っていて留守をすることもあれば、遅刻をすることもある。私が阿佐ケ谷の飲み屋に行くと、「昨夜、青柳先生がお見えになっていましたわ」と言われることが度々である。いつもかけちがって、私は残念な思いをする。そんな時、前夜青柳氏が残して行った私の評判を、店のおかみから聞かされるのが常である。例えば私は「阿佐ケ谷会」などで醜態を演じて、その度に詫状を書く。青柳氏曰く、「上林は、詫状を印刷にしておくといいんだ」と。また、私が雑誌記者と酒を飲んでいる時、飲み屋のおかみが二人、借金を取りに来たことがあった。借金が払えないで、私がはばかりへ行っている間におかみ達は帰ってしまった。記者も帰り、私は寂しくて、玄関の間にぶっ倒れて眠っていた。そこへ、青柳氏が新刊の『モウパッサン短篇集』を持って現れた。その時のことを、青柳氏は飲み屋で言っていたそうである――「債鬼が帰ったと言って、泣きべそをかくのは、上林だけだ」

筑摩書房の社長、古田晁《あきら》氏の飲みっぷりは豪快である。ビールを次ぎから次ぎへと取寄せ、飲む片っ端から空瓶をゴロゴロと転がしてゆく。太宰治氏の埋骨式の後、太宰氏がひいきにしていた三鷹の鰻屋で、古田氏と田中英光氏が縺れ合っていたが、二人とも大男だから、なかなか壮観であった。いつか、私の家の台所口に顔を出して、「親爺、いるか」と、妹に向って怒鳴る者がある。見ると、古田氏である。古田氏は、いきなり流しで洗面器に井戸水を汲んで、顔をブルブルと洗い、井伏氏が荻窪の飲み屋に来ているから迎えに来たのだという。古田氏は飲み屋の自転車に乗って来ていて、私はそれの荷着けに乗せられたが、道は悪いし、古田氏は酔っていて無鉄砲に乗るし、私は尻が痛く、あぶなくて、途中で降ろしてもらった。或る時の阿佐ケ谷会に案内状を出すと、「出席」として「胃を悪くして、今日で十八日間禁酒しています。我ながら意志の強固なのに驚きます」と附加えてあった。

ボードレールの研究家として知られる村上菊一郎氏も、酔うと相当である。去年のこと私が阿佐ケ谷の或る飲み屋に行くと、村上氏が来ていて、私の鳥打帽子姿がいいと言って私の鳥打帽を取って冠り欲しがって仕方がなかった。私は、やってしまえば一寸買えないので、うやむやにしてしまった。村上君は、早稲田大学に教鞭を執っているので、この春の休みには、郷里に疎開したままでいる妻子の許に帰っていて、上京すると直ぐ、私に一番会いたいと言って訪ねてくれた。或る飲み屋のマスターと一緒で、ぐでんぐでんに酔っていて、玄関に坐り込んで動けないほどであった。私は丁度来客があって、宴果てたところだったので、座敷に招じて残りの酒を奨めたが、村上氏は殆ど飲めなくて、飲み屋のマスターに介抱されながら、辛じて帰って行った。二、三日後、村上氏から詫状が来たが、それには、「昨夜は大変失礼しました。お宅の玄関に、お嬢さん達の机の並んでいるのを見て、急に自分の子供のことを思い出し、匆々に失敬しました」という意味の文面があった。

中野好夫氏にも、今年になってから、二、三度飲み屋で一緒になったことがある。東大英文科で、私の一年先輩である。遠くからその論調を見ていると、おっかないおっさんとばかり思っていたが、一緒に酒を飲んでみると他愛ないくらい好々爺である。外国文学者にあり勝ちなペダントリがないだけでも、気持がいい。私は酔って親愛の情を感じ、中野氏の首っ玉に抱きついて言った。「中野、と名の附く人はみんなおっかない感じがするが――中野好夫、中野重治、みんな好い人ばかりだねえ」。私は去年の正月初め、中野重治氏等とともに、相州下曽我に病気療養中の尾崎一雄氏を見舞って、宿屋で一夕語り合う機会があったが、中野重治氏も相当酒がいけこの明敏な頭脳に一寸甘えてみたいような気持で、無遠慮な口を利くことが出来たのであった。

小田嶽夫氏は中国に親んでいるので、盃の運び方からして、格が感じられる。外柔内剛というが、おとなしく謙譲な一面、容易に妥協しない強さと正義感を持っている。戦争中、街から酒場がなくなった時分、新宿二幸裏に、小田氏の顔の利く家があった。私は井伏氏、太宰氏、木山捷平氏などと、そこの二階で飲んだ。その次ぎ、私は別の友人達を連れ、小田氏の名を騙《かた》ってその家を訪れたが、一言のもとに刎《は》ねつけられた。ところが、戦争がすんで、去年の四月だったかに、私が新宿の或る飲み屋へ行ってみると、小田氏がひとりで飲んでいた。それから、曽て二幸裏にいた女がまた酒場をやっているということで、私は小田氏に連れられてそこへ行った。私は酔って、戦争中につれなくされた恨みつらみを、冗談に紛らして繰り返した。マダムは、「でも、お互に生きていられて仕合せでしたわ」と、巧みに私をいなしてしまった。その晩は、丁度大雨であった。流しのアコオデオン弾きとギター弾きが、雨宿りに入って来た。私達は、アコオデオンとギターに合せて、歌を歌った。私が楽器の伴奏つきで歌を歌ったのは、生れてはじめてのことであった。

日本ペンクラブの書記長水島治男氏は、昔『改造』記者時代に、同じ釜の飯を食った間柄である。水島氏は最初はコーヒーをたしなんでいたが、我々の影響で酒を飲むようになった。水島氏は苦労性で、編集部の連中で一緒にカフェに行くと、みんなに椅子を指定して坐らせ、それにそれぞれよさそうな女給を当てがい、自分は一番詰らない女を側に引取るという風であった。水島氏の周囲には、立野信之、寺崎浩、湯浅克衛、大江賢次氏などの猛者がいて有楽町の「お喜代」を中心にとぐろを巻いている。水島氏と飲むと、改造社時代のことを話して倦むことを知らない。一昨年の暮に、水島氏とその一統の忘年会が、高円寺のさる飲み屋で催され、私も招かれて行った。水島氏は、マダムを軽々と腕に載せて、言い放ったものである——「十二貫八百」。こういう可笑しさを、大きく言い放つのが、水島氏の酒である。そんな時、湯浅克衛氏が、背広を前に着、手振り足振り、「アリラン」の唄を歌いながら踊るのを度々見せてもらうが、その風貌も手伝って、朝鮮人が踊るのではないかと思われるほどである。

浜本浩氏は、私には気のおけぬ先輩である。酔えば、円い顔をまっ赤に、にこやかに笑って、目出度い感じである。私は気がおけぬままに、時々絡んだり、失言したりして迷惑をかける。その度に、「土佐の奴は、それじゃけん、いかん」と叱られたり、「あんなことを言う奴が、あるか」と怒られたりして、恐縮する。外では朗かであるが、誰でもそうであるように、家ではかなりうるさいようである。いつか呼ばれて、浜本氏のお宅で御馳走になったことがあった。客室に通されると、土佐風の料理が、四角なちゃぶ台に並べてあった。「こんな狭い茶餉台では、いかん。円いやつに取り替え」と、浜本氏は奥さんに怒る。奥さんが円いのに取り替えて、四角なのを一寸そこに置いておくと、「目障りでいかん、早くあっちへ持って行け」と、また怒る。「浜本さんは、なかなか喧《やかま》しいのう」と私は笑ったことであった。

保高徳蔵《やすたかとくぞう》氏とは、たまにしか会わないけれど、会えば胸襟を開いて飲み合うことが出来る古い知合いである。私が『改造』の記者をしていた時分、保高氏は『改造』の第一回懸賞募集小説に当選したのである。そういう当選者と編集部で「改造友の会」というのを結び、度々飲んだものだった。龍膽寺雄《りゅうたんじゆう》、中村正常、芹澤光治良、故荒木巍《たかし》、大江賢次氏、その他がメンバアであった。大江氏の脂ぎった大きな手と握手すると、私の指の骨は折れそうであったが、保高氏と握手すると、女のようにしなしなした手であった。私は保高氏と飲むと、よくそのことを話す。この頃握ってみると、歳は争われず、かなり堅くなっていた。しかし保高氏は、還暦前後とは思われず、いつまでも顔はつやつやと色好く、気分も若い。いつか保高氏が、広津和郎氏について話した言葉が、深く私の印象に残っている。広津氏は酒が飲めないので、酒のいける青野季吉氏や保高氏などの友人を羨み、「自分は憂鬱な時には、蒲団をかぶってベッドの上に寝るよりほかはないが、君達は酒が飲めるからいいよ」と言ったのだそうである。そうして私と保高氏とは、お互に酒の飲めることを仕合せとして、場所を改めて杯を重ねたことであった。

河盛好蔵氏はふだんでも朗かであるが、酒を飲むと、いよいよ朗かに、いよいよ弁舌が冴えて来る。河盛氏がビールに、一口つけると、「ああ、うまい」と嘆声を発する。真に迫っていて、実にうまそうである。この一言、酒客としての河盛氏の真骨頂であると思う。私は河盛氏の引き合せのおかげで、辰野隆先生、落合太郎先生などと同席して、酒を飲む機会を得ることが出来た。辰野先生は、河盛氏のお宅で、フランスの歌から都々逸、阿呆陀羅経まで歌い、河盛氏の子供さんのハーモニカを出させて吹き鳴らした。

その他、古くから、また新しく、顔を合せて飲む人は多い。日と場所を決めて、会をして飲むのも楽しいし、飲み屋で偶然落ち合って飲むのもまた楽しい。いつ会っても楽しいのは酒の友である。

直木三十五と酒

保高徳蔵
（作家）

佐々木さんから、酒と直木三十五について書いてくれと頼まれ、軽い気持でお引受けしたが、書く段になって弱った。直木は僕のように酒のみではなかった。だから遠い学生時代からの記憶をたぐって見ても、酒に関連したものは極めてすくない。

あるクラス会の晩に、盃に一ぱいか二はいの酒に眼もとをほんのり染めた隣席の直木が、不断は無口な彼にも似合わず、彼の方から話しかけて来た。

「保高君、君は大阪の谷町に親戚はないいか」

「あるよ、叔父の家で云っていたのは君のことか」

私も、叔父の家で直木のことを訊かれたことを途端に思い出して云った。

入学して間のないことだったから、不断よく見ているこの顔が、直木の本名植村宋一であることを私は知らなかったので、叔父の家で直木のことを訊かれても私にはわからなかったのである。

「君はどうして僕の叔父の家を知っているんだい」

と私が訊くと、

「昨日や今日の知り合いじゃない、四十年来のつきあいだよ」

微酔のせいもあってか、直木は少し誇張ぎみに云った。

「つまり、僕の親爺は古手屋（古着屋）で、質やの君の叔父さんとこの質流れ品を、四十年来買っていたというわけだ」

「そうか、そんな関係とは知らなかった」

こんな話をし合ってから、郷里が大阪という関係も手伝って、私たちは一ぺんに親しくなった。学校に近い鶴巻町の私の下宿へ彼は毎晩のようにやって来た。そんな時、やはり大阪生れの浜田悌一という同級生も一緒にいた。三人は碁をうったり、議論したり、夜の街を歩いては、時にはおでんの屋台店で一本の酒に上機嫌になったり、要するに貧乏書生の最低の娯楽に甘んじていたが、この時代のことは既に書いたこともあるから省略する。

二度目の夏の休暇が終って上京すると、直木は美しい奥さんを連れて上京していた。早稲田のグラウンド下の小ぢんまりした家が直木新夫婦の家庭だった。丁度、浜田も来合わせていたので、直木は私たちに美しい細君を紹介した。年は直木より三つ四つ上だが、色白の都会人らしい洗練された人だった。

細君がお茶の用意をしている時に、私は直木に訊いた。

「あんな美人をどこから、どうして連れて来たんだ」

「あれは中学の時の友達の叔母さんだよ。京町堀のお寺の娘なんだが、父が死んで、兄が後を継いでるんだが、頑固者で結婚に反対したから掠奪して来たんだ」

直木は茶飯事を語るように平気な顔で云った。私は直木の顔を見直さないわけにはいかなかった。現在は一九六一年、直木の云ったことを実行しても、たいして問題にもならないが、封建思想の強い大正の初期に、大阪の古いお寺の娘を奪って掠奪結婚をしたということを、茶飯事のように話す直木という男は、なかなか変わっていると、私はつくづく思った。

「じゃ、君の両親はどうだったんだ」

「僕の親爺は、彼女が家に遊びに来たのを見て、妻にしても恥ずかしくない女だ、と一ぺんに許してくれた」

その晩、直木は細君の手料理でわれわれ二人に夕飯をごちそうしてくれた。近所の酒やから酒も買った。酒に弱い直木は、一、二はい飲むと直ぐ眼もとをほんのり赤くした。新婚の家庭にわれわれを迎えたということが、よっぽど嬉しかったと見えて、彼は咄々《とつとつ》とした調子でいった。

「今年の春、丁度試験がすんだ時に、彼女は友達と一緒に上京して来て、友達は親戚の家に行ったので、彼女一人が僕の下宿へ泊めてくれと云ってころがり込んだんだ。二、三日東京見物の案内をしたんだが、初めての晩はシーツをまるめて境界線として何事もなくすんだが、二た晩目には、起重機のような強い力の手で僕の躰を起して自分の上にのせてしまいよったんだ」

と、直木はちょっと大阪弁を混入させながら、「宋ちゃんと一緒になれなんだら、死んでも大阪へ帰らんつもりで来たんだ、というのだよ」と結んだ。

ある晩、大阪へ行って来た、といって私を呼びに来たので、彼のグラウンド下の家に行って見ると、細君がなにやらお勝手で忙しくしている。浜田も呼ばれたと見えて後からやって来た。三人で話していると、仕度を終ったらしい細君が声をかけた。

「あなた、キクにしましょか、ハクにしましょか」

その時、直木はどんな返事をしたか忘れたが、やがてお膳が出て、細君からつがれた酒を一と口飲んだ時、その馥郁《ふくいく》たる香りといい、豊かな味わいといい、長い間、貧乏書生の生活をしていた私の味覚を強く刺戟した。

「これはうまい。何という酒だ」

「保高君、その酒の味がわかるとは話せるぞ。別に秘密もない、大阪の酒だ」

飲んだ時の状態もよかったのであろう、私は初めて、直木三十五が東海道を手荷物に携えて来た灘の生一本の美味が、心底からわかった。

「たしかにうまい。もう一ぱい頂こう」

私が酒を賞美していると、直木は別に自慢するような様子もなく、ほんのり眼もとを赤く染めてにこにこしていた。物静かな酒だ。

われわれは学校を出ると、一番困ったのは直木三十五であった。

学生の中に結婚して、「木の実」という女の子が生れている。就職のアテはない。その上、彼は聴講生で、正規に早稲田に籍はない。

先ず、学校を卒業したようなものを見せなくてはならないので、うしろの教室に忍んでいて、写真やがシャッターをきる寸前に、教室から飛び出し、首尾よくカメラにおさまり、その写真を大阪の父に、卒業証書の代りに送って、どうやらごまかしたが、ごまかせないのは実際生活だった。直木も就職口を捜しに、方々歩いたが、不景気時代のことゝて、容易に口がなかった。

やむなく、この頃わたしの勤めていた読売新聞の婦人記者に世話し、細君が勤めに出ている間、直木は机の前に胡座をかき、細い長い脚の間に赤ん坊を寝かせて本を読むような生活をしていた。

以上は直木の学生時代から無名時代を主として書いたことになるが、そして酒の直木三十五はあまり出てこない。頗《すこぶ》る物足りないものになったが、ただ一つ、酒におとなしい直木にも、級友たちを震撼させたような活劇をやったことがある。

それは細田民樹が徴兵検査で、騎兵として四年間兵役にとられることになった。あまり気の毒だったので、同級生で送別会を開いたのであるが、その席上で直木三十五と細田源吉とが議論を始めた。問題はトルストイの人生論から始まり、私生活に及び、それが直木の細君に関係したことだったので、口の重い直木に似合わず彼が弁じ立てると、早や口の細田が焦ら立ち、二、三応酬のあげく細田の手が直木の顔を打った。直木も負けていないで打ち返し、それから摑み合いの喧嘩になった。だが、それも数秒間で勝負があった。痩せて細長い直木が、丸くてずんぐり太い細田源吉を押さえつけているのである。

不断はおとなしい直木に、どんな活力が潜んでいたのか、われわれはまったく眼を瞠《みは》る思いがした。

二人の喧嘩はむろん我々の手によって引分けられたが、喧嘩の後の飲み直しは、徒らに皆を昂奮させるものだ。その晩、酔いたるわれわれは神楽坂を騒がせ、死んだ鷲尾雨工と私とが警察のごやっかいになるという騒ぎを演じた。それも、あの細い顔に怒髪天をつくといった風貌を示しながら、まんまるい細田源吉を押さえつけていた直木三十五の姿が、今でも私の網膜にありありと浮ぶのである。

川端康成氏の思い出

藤島泰輔
（作家）

パリのサンジェルマン・デ・プレのカフェ「ドウ・マゴ」の角を曲った突き当りの通りに「オテル・ダングレテール」という小粋なホテルがある。名前の示す如く、百年前までは英国大使館だったという由緒ある建物で、かつてはヘミングウエイが好んで泊っていた。

このホテルの経営者が増山さんという日本人で、私の古くからの友人である。ここ、三年ばかりパリ十六区にアパートを買って住みついている私とはときどき会っては食事をしたり、ドライブに出かけたりする仲である。

増山さんを私に紹介したのは川端康成氏で、それはもう二十年以上前のことになる。

その頃の増山さんは、赤坂見附に当時としてははしりだったディスコ「むげん」と「ビブロス」を経営していて、私は川端さんのお供で遊びに行き、紹介されたのであった。

「不思議な先生でしたねえ」

「いや、まったく……」

と、パリの一角で私は相槌を打った。「何が面白くてディスコに行くのだかわからなかったな」

川端さんは下戸である。私のような酒飲みにとっては、下戸と酒席をともにするのは、億劫なのだが、川端さんに誘われると気兼ねをしないで飲める雰囲気があった。年齢的に余りにもかけ離れていた故かも知れない。親しく誘いを受けるようになったのは川端さんの晩年の三、四年間だから、文壇でいえば私にとって雲の上の存在だったのが、かえって甘えてもいいいやという気分にさせたのかも知れない。

最も繁くディスコにお供したのは、昭和四十六年の東京都知事選挙の秦野章氏の応援で、ホテル・オークラに、川端康成、北条誠、私の三人で合宿をしたときである。このときの川端さんの応援については文壇の中でも随分批判があったけれども、川端さんは憑かれたように熱中した。伏線として、その前年の十一月二十五日に三島由紀夫氏が市ヶ谷の自衛隊で自決をしたという衝撃的な出来事があった。もしもあの出来事がなかったら、川端さんが都知事選挙の応援という世俗的な雑事にあそこまで打ち込むことはなかったと思う。

毎朝八時過ぎにはホテルを出て、途中で街宣車に乗り、都心部、郊外をくまなく回った。すでに参議院議員だった川端さんの親友今東光和尚もしばしば合流した。

「おい、藤島。みみずくは夜ちゃんと寝てるか？」

「みみずく？」

「川端だよ。あいつ、みみずくみてえな顔してるじゃねえか」

「なるほど。ただ、毎晩ディスコへ女の子の脚を見に行かれるのですよ。だからぼくなんか眠くて……」

「ジュース飲んで娘っ子の脚見てるわけか。相変らず仕様がねえ奴だな」

だが、そういう今さんの口調には親友としての愛情がこもっていた。後に川端さんが急逝されたとき、私は偶然平河町の今東光宅に居て、鎌倉の川端邸まで一緒に駆けつけ、途中の車の中で今さんが号泣していたのを思い出す。

さて、選挙の遊説が終ってホテルの和食堂で食事をすませると、川端さんが私の顔を見る。私は連日の早起きと街宣車でへとへとになっているのだが、川端さんの目はランランと輝いている。

「藤島君、銀座から女性を呼びなさい」

「ビブロスに呼ぶのですか」

「そうです。なるべく賑やかな方がよい」

私は、銀座の「ラ・モール」だの「眉」だのに電話をしてマダムを呼び「毎晩のことで申し訳けないけれど……」と頼み込む。相手も心得たもので「川端先生でしょ。わかりました」と、ときにはマダム自ら三、四人のホステスを連れて来てくれた。

川端さんは若い女性が現われて取り囲まれると、それだけですぐ機嫌がよくなり、みみずくのような怖い顔が柔和になる。ただ、ディスコは音楽の音が大きいから、うるさくて話はほとんど出来ない。

「藤島君、踊っていらっしゃい」

川端、北条両氏はダンスが出来ない。私はホステス徴募係兼ダンス専門職である。一曲終って席に戻り、水割りを一口すると「藤島君、ほかの子とも踊りなさい」という。昼は選挙、夜はゴーゴーという私の身にもなってもらいたいと思うのだが、御本人は長椅子に肘枕で、フロアで踊っているミニスカート（当時流行っていた）の女性の脚を鑑賞している。北条さんは、呆れて三日目ぐらいから同行しなくなった。

「大体、増山さんのところの椅子が上等で、川端さんが肘枕をするのに丁度良かったんだよ。だから午前一時、二時まで長居することになった」

「そんなの、私の責任じゃありませんよ。でも優しい先生でしたね」

相手によっては峻烈な場面もある人だと聞いたが、私にはほとんど柔和な表情しか記憶がない。それにしても、酒を飲まずに酒席を好むというのはほとんど名人芸であった。銀座の酒場にも何度かお供をしたが、同行者や女性たちには遠慮なくアルコールを勧め、御本人は黙々とソフトドリンクを飲み、同席者の会話に口を挟むことも少なかった。

たしかに、不思議な人であった。

お芙美さんの酒

扇谷正造
（評論家）

お芙美さんとは、ずい分飲んだような気がするが、実は、これは私の錯覚で、正確には五回ぐらいである。それもサシで飲んだのは一回だけである。それにも拘らず、ひどく知己のような気がするのは、会ってのんだその時が、いつも何か、波瀾をふくんでいた日か、時であり、第二には、お芙美さんの、お酒の、飲みっぷりのせいだろう。

たいていが、コップで、それも日本酒、おつまみは、葉トウガラシで、それを箸でちょいとつまんではグーと一気に飲み乾す、その飲みっぷりの程の良さは、みていて、こっちが、

「ウーイ」

と、酔いがまわってきそうな、いわば、そういう飲みっぷりなのである。

ずい分、文壇ののんべえさんたちと、いっしょに飲み、騒ぎ、歌い、わめき（これは余計なことだが）ちらしはしたが、飲みっぷりの良さではどうも永井龍男氏とお芙美さんにとどめを刺す。豊醇な酒の、それに合ういかにも豊醇な飲みっぷりで、見ていて、こっちが酔心地になる。つまりは、これも芸の一つであろう。

一杯目を一気に半分ほどあけ、残りを二回か、三回かにわけて空にする。

「お代り……」

それをグーッと飲んで、三杯目。そのころから彼女のはれぼったいまぶたのあたりが、ボット朱がさして来る、元来は、肌の白いひとなのだろう、だから皮膚の下の血液が活潑に動いて来て、

「ねエ、そうじゃない」

と、まさか、流し目は使わないが、成熟した女のお色気が漂って来て、（ハハア、これが〝晩菊〟！）と、しばしば思ったものであった。

会う時は、たいてい飲んだ。飲んだいきおいで、ようし、いっちまおう、思いのたけを、ウップンをというところがあった。かずかずの人生辛酸をなめ、達者なやつの、意地悪のあばずれの利口者のといわれながらも、お芙美さんという人は、どうも、たいへ

んな〝照れ屋〟じゃなかったかと思う。その〝照れ屋〟はいつも、そうだ五十になっても、心の奥の方に、文学少女の焔をもやしていた。

絶筆となった「めし」の題名問題で、少しゴタゴタし、いやゴタゴタというほどのものでもなかったのだが、まア、かたがついて、小説はスラスラと進行した。読者の評判もよかった。

小説をたのみに行った私は、もう学芸部をはなれてしまったのだが、責任上、或る夜、下落合のおうちを訪ねた。

ご機嫌は上々であったが、どこか疲れていた。それでも、人の気をそらさない彼女は、快活に笑い、皮肉な反抗寸評を試みたり、女流作家の着物の話をしたり、で、大分夜更けまでだべりこんだ。

――そうら、『茶色の眼と黒い眼』ね、あの中で、女房のある亭主野郎が、いっしょに仕事をしている未亡人に気をひかれて行くところがあるね。それが何だと思う。

「お弁当でしょう」

――そうなんだ。女房の方はお弁当に、マーケットか、どこかのコロッケを弁当箱に放りこんでおくだけだ。ところがとなりの未亡人の方は、金はかかってないらしいんだけど、オカカや、水菜や、卵焼きなどちょっと入っていてね……あれ、わかるね。

「そう、嬉しいわ、案外うまいでしょう、私、小物あしらいが……」

彼女は、目を細め、三毛猫のようにノドを鳴らして、喜んだ。

――小説なんてものは、やはり小物あしらいの術なんでしょうねエ。

「そうよ、その小物を、どう置くか、どう気をいれるかよ。それと、筋、筋、筋ね」

大分疲れたらしい、小鼻の上にうっすら脂肪が浮いて来ている。私が腰をあげかけると、

「泊ってらっしゃいよ。もう遅いし」

と、いいかけるや、バタバタバタと部屋をかたづけ、押入れを開けて、フトンを敷き、おまけに、枕元には酔覚めの水まで用意してくれる始末には、私はただボンヤリながめ、甲斐性とは、こんなことをいうのかな、と思っていたりした。

ぐっすり寝こんだ、仕事のつかれもあり、酔も手伝って、一気に眠った。夢もみなかった。と、遠くの方で、どこか地底、いや西方だ、断じて、地の底ではない。西の上手の空の方から、トントントンというリズミカルな音が聞えて来た。それは夢の中の音のようでもあり、現実世界の音のようでもあった。とにかく快よい響きであった。私は、まだうつらうつらとし、うつらうつらの中に目が覚め、目が覚めるにつれて、その音は

いよいよ鮮明になって来た。

時計をみたら、もう九時だった。私は、そのまま、小一時間、ぼんやり床の中にいた。

小鳥のさえずる音が聞えて来る……。

ガラリとからかみが開いて、お芙美さんが入って来た。

「どう、おめざめ？　お食事にしましょうか」と、いうのであわてて私はとび起きた。

バタバタ、テキパキと朝の食卓が出来上がって行く。

「さて……と」

と、彼女はキチンと坐った。サラッとした水化粧で、もう居ずまいを正し、

「あれからね、扇谷さん、私は、三回分書いて、寝て……それからけさ六時に起きて、薪を割って、オミオツケを作って……」

――超人だなア、正にスーパーウーマン。

「売れる時はうんと書いておくものよ、売れない時だって、うんと書いて来たんですものねエ」

といってから「ウ、フフッ」と笑った。

お通夜の晩、私は出かけた。亡くなられてみて私は、いかに私が気質的に林さんとウ

マが合っていたかを感じた。考えてみれば、私はまた長い長い林芙美子の愛読者でもあった。十七歳の時よんだ『清貧の書』『魚と風琴の町』『放浪記』『続放浪記』からずっと……。

花の命は短かくて
苦しきことのみ多かりき

が彼女の好きな言葉であったとすれば、彼女と私との交遊は

その本よむこと
長くして、
その人知るは
短かりき

であった。文壇お通夜らしい、しめやかなの中にはかなさを漂わしている黒い一点、庭の片隅にうごめく人たちがある。ふと気がついて、近よってみると、職人姿の人が三

人ばかり、顔をぬらしていた。京都から来た出入り大工さんたちともいい、近所の植木屋さんともいっていた。

私は、その人たちの涙をみて、抑さえかねていたものがぐっと、こみあげて来た。

高見順の思い出

奥野健男
（文芸評論家）

昭和二十七年、二十六歳という比較的はやい時代に文芸雑誌や新聞に文芸評論を発表するようになったためか、生れつき父親ゆずりの酒好きのためか、兄貴みたいな存在の戦後派や〝第三の新人〟の文学者たちはもちろんのこと、父親や叔父さんぐらい離れているえらい文学者とも、飲み屋で一緒になり、ざっくばらんに文学論をやりとりする機会がずいぶん多かった。今とは違うめぐまれた時代に文学者の仲間に入れてよかったと思う。それにしてもあの頃はえらい文学者たちが嘴《くちばし》の黄色い青二才の評論家を相手に熱心にともに語って下さった。こちらも同じ文学者だという気持になってしまって遠慮などせずいろんなことをしゃべった記憶がある。

ぼくの好きな無頼派である織田作之助、太宰治、田中英光、坂口安吾などとは、彼らが余りにはやくこの世を去ってしまったので飲み屋で同席する機会がなかったのがかえすがえすも残念である。しかし知的無頼派と言える石川淳、伊藤整、高見順らと親しく飲み、話す機会を得たのは嬉しい。

高見順の文学、『故旧忘れ得べき』などを空襲下や敗戦の混乱の中で読んだとき、文学とはこんなことが書けるのか、世の中からくだらないと見なされている不安や疑いや臆病や羞しさを書くことのできる芸術のジャンルもあったのかと目をひらかされた思いであった。ぼくは思いもかけぬ文学という宇宙を知って夢中になってしまった。そして太宰治と伊藤整と高見順の三人の感じ方、考え方、含羞の表現は、ぼくとそっくりだ、同類だという特別の親しみを抱くようになった。

文壇のパーティなどで高見さんの長身の姿を遠くから眺めることが度々であったが、一方的に同類という思い入れがあったためかえって近づくことがためらわれた。ところがある時、恩師である伊藤整さんを介して高見さんの方から話しかけられた。文芸時評や書評でぼくが論じた高見さんの長篇小説『生命の樹』についての文章を大変気に入られたらしい。『生命の樹』は奥さんのいる高名な小説家がヤクザのついている不良少女にどうしようもない魅力をおぼえ、うつつをぬかしながら、夫人と愛人の間を往復する物語りで余り評判はよくなかった。しかしぼくはこの作品に久しぶりに『故旧忘れ得べき』の高見順を発見し、これからの発展に大きな期待を寄せたのだった。

それ以後文壇のパーティの帰りよく誘っていただいた。銀座の有名クラブでも知的な風貌と独特の話術でホステスたちを引きつける。あるときは「ぼくのオチンチンこれっぱかししかない」と小指の先をたて、左手の指でにぎり先っぽだけを見せるのだった。「うそーっ」「まさか」と悲鳴をあげるホステスに沈んだ声で羞しそうに「いやほんとなんだ。ローソク病と言うのかな、先からどんどん溶けて行くんだ。かなしい話さ」なんて真に迫り、だんだん女の子たちも可哀想にと深刻な顔になって来る。それが高見さんにはたのしくて仕方がないらしい。次々に病気や身心の異常な話をなさる。銀座の高級クラブのあと新宿や渋谷の庶民的な飲み屋を梯子する。そんな赤提灯や安い酒場もまた似合いたのしそうである。渋谷のとん平へ行くとおでんで飲みながら出来あがって来ると、「おいひめカツ丼をくれ。昔のカツ丼な」。キャベツの刻んだのを山盛に入れ、その上にロースの豚カツをのせ、ソースをじゃぶじゃぶかけて食べる。とん平では映画の翻訳字幕の第一人者姫田さんがいつも注文するので姫カツ丼と名があった。それをおいしそうにかきこまれる。やせの大食という感じであった。またとん平には三好達治、石川淳、芥川比呂志などもよく来店して、大声でどなりあう喧嘩も度々であった。石川淳がバカヤローを連呼しているのをとめようとしてもとめられないのを見て、「あいつは外語出身だから東大出にコンプレックスを抱いているのだな」と鋭く指摘したりもする。

その頃、深夜二度ばかり送りかたがたエビスのぼくの家に来られた。一度は晶子夫人と一緒だったが、時ならぬ来客にうちの赤ん坊が大声で泣き出した。それを聞かれ、「君の家には赤ん坊が居る。うらやましい、ぼくの家には赤ん坊が居ないんだ」と酒も入っていたが、玄関で大声でほんとに泣かれはじめた。夫人は当惑されたように、大きな子供をあやしながら車のところへ連れて行かれた。考えてみるとほかの女に自分の赤ん坊が居ることを泣くことによって夫人に訴えられたのかも知れない。何しろ演技派であったから。ある夜は、小さいやすりを出してわざときざに爪を磨きはじめながら、パリのジゴロよろしくぼくの女房を誘惑する演技をたのしんでいられた。

またある夜は、帰りの車が芝あたりで深夜の火事にぶつかった。高見さんは車の中から身を乗り出していられたが、現場に近づくと運転手に車を止めさせ、見に行こうとぼくを誘う。小説家が火事の現場にぶつかって見物しないなんて、とんでもない。千載一遇の好機じゃないか。と寒い冬の夜、消防のポンプの水にずぶ濡れになりながら火の消える朝方まで興味津々、かけまわっては見物していられた。相当な弥次馬である。そのあと風邪をひかれたに決まっている。若いぼくも翌日熱を出したのだから。

『いやな感じ』『激流』とあぶらがのって来られた頃、好事魔多し、食道ガンになられた。よく下痢どめだとキノホルムを飲まれては口を真黄色にされていたが、後年キノホルムの毒性が発見された。そんなことも悪かったのかも知れない。

ガンの手術の前、銀座のクラブで皆を呼び大壮行会をやられた。そんなところも芝居がかった高見さんらしい。ガンの手術後も悲鳴のごとく詩や文章を書かれて大声で闘われた。そして日本近代文学館の開館式にはやせ細った体を杖に託して出席され、説明し案内された。最後の文士、最初の文学者というにふさわしい、鬼気迫る、しかし明晰さを失わない立派な姿であった。

火野葦平先生のこと

小堺昭三（作家）

〈あの日の一杯のビール……その味はどういうふうに形容すればいいのだろう〉

遥けし昔のことになったのに、ときおり思い出してはぼくはブツブツ呟いている。師の火野葦平と乾杯した一杯が、無情にも永遠の別れのそれになったのであり、いまもってそのときの味覚を、どう表現すべきか困惑してしまうのだ。

ときは昭和三十四年師走三十日の真昼。

ところは羽田空港ロビーの軽食堂。

この日、正月を迎えるため家族のいる北九州の若松へ帰郷する彼を、東京秘書のぼくは見送っていった。

毎年のことであった。流行作家であった火野さんは、東京と九州を一ヵ月おきに日航機で往復しながら、忙しく原稿を書きまくっていた。が、年内の仕事は東京で了《お》えて、新年は必ず郷里で迎える、そのならわしにしていたのである。

帰郷の前夜は仕事場である杉並区阿佐ヶ谷の「鈍魚庵《どんこあん》」に、日ごろから迷惑をかけている編集者や友人知己を召集、賑々しく忘年会をやる……これも吉例にしていた。

火野さんが本誌（『酒』）の「文壇酒徒番付」の横綱になったほどの酒豪であることは、改めて述べるまでもないだろう。写真家の林忠彦氏と二人して、ひと晩にビール四十五本をカラにした伝説もある。だから「鈍魚庵」の忘年会ときたら、車座になってチリ鍋を囲み、だれもが浴びるがごとく鯨飲しながら放歌高吟する、底抜けに陽気なハチャメチャ宴会だ。

三十四年のそれは二十九日にやった。

六十数名が参集。女流作家の有吉佐和子さん、洋画家の向井潤吉氏、落語家の桂三木助師匠、女優の清川虹子さん、本誌の佐々木久子女史らのほか、夜の新宿を爪弾きながら流している三味線のおトキばあさんの顔もあった。彼女が火野さん作詞の、

〽いろはのいの字は　命のいの字

そこで色恋　命がけ

を渋く唄ってヤンヤの喝采になったが、これが「鈍魚庵」最後の悲しい酒宴になろうとは、まさに神のみぞ知るであった。

宴果てて翌三十日、ぼくは火野さんにお伴して、歳末のあわただしい街をタクシーで羽田空港へ。国内線ロビーの片隅にある軽食堂にはいり、来年の執筆予定について彼は語った。サッポロビールがくるとまず、ぼくのグラスに注《つ》いでくれ、自分のにも白い泡が吹きこぼれるくらいに注いで、

「ご苦労さん、来年も元気でがんばろう」

ぼくをねぎらいつつ、カチンとグラスを合わせた。ぼくもいくぶん宿酔していたので、冷えているこの一杯がえも言われず旨かった。二人でひと皿の塩豆をつまみ、ポリポリと嚙んだ。ロビーは混雑していた。

「来年こそは締切を厳守するよ」

蓬髪をかきあげるしぐさをまじえての、はにかむ笑顔で彼は、そうも約束した。

「ほんとうですか……」

ぼくは信じない目顔をしてみせた。原稿締切日までに脱稿できず、編集者と秘書をヤ

キモキさせるのは毎度のことだからである。

　ぼくが二杯目を注《っ》ごうとしたとき、搭乗時刻がきたことをスピーカーが告げた。乗客も見送人もロビーに集まってきた。

　黄色い和紙の封筒を二通、彼は内ポケットからとり出した。これも毎年していること、ぼくには中身が何であるか察しがついていた。手渡すときも照れくさそうに、

「飛び立ったあとで見てくれ」

　と必ず念を押す。眼のまえで開封され、ありがとうございますと感謝されるのは、当人のほうが気はずかしいのだ。

　一通は「鈍魚庵」の家事を住み込みでやってくれている女中さん。もう一通はぼく宛のもので、原稿用紙にペン書きしてある。こうして毎年末に昇給させていたのであり、ぼく宛のそれを保存しているのでここに写す。

辞　令

本年はいろいろよくやってくれてありがとう。

来年一月より給料を一金参万円とします。

昭和三十四年十二月二十九日。　鈍魚庵主人あしへい

それまでの二万五千円がこうなったのだ。当時は清酒一升（二級）の小売値が五百五円、ビール大壜一本が百二十五円、無頼の三十代のぼくには安いサラリーではなかった。

「じゃあまた来年、おかみさんによろしく」

火野さんはぶっきらぼうに言った。

「先生もよいお年を……」

ぼくは、彼の幅広い背に一礼した。

これが火野葦平との、永遠の訣れである。

正月二十四日午前十時、仕事上の連絡のため、ぼくは若松へ電話した。「まだ書斎で眠っている」という家人に起こしにいってもらうと、火野さんは冷たくなっていた。

遺書を残しての睡眠薬自殺、五十三歳の生涯を閉じたのだった。あれほど陽気な酒豪がなぜ？　ぼくに昇給辞令までくれておきながらなぜ？　動機はいろいろ考えられるが、ここでは遺書にあるとおり「漠然とある不安のため」としておこう。

いまでもぼくは、空港での別れの光景を思い描くと目頭が熱くなり、あまりの虚しさに涙ぐんでしまう。そして、乾杯したビールが旨かったがゆえに悲しく、その味覚をどう形容したものか困惑してしまうのである。

ピジャマの一夜——坂口安吾氏のこと

横山隆一
（漫画家）

私は作家坂口安吾と、いつ、どこで口をききはじめたのか、おぼえがない。そんなに親しくはなかったが、出会ったのは戦前である。

私は、後で仲よくなった人でも、出会いの日を覚えていない事が割に多い。

或る時、作家の今日出海さんと呑んで居た。酔って昔の話をしていたら、突然、今ちゃんが、

「隆ちゃん、お前さんと、いつ、どこで知りあったんだい」

と言った。

「さて」

私も盃をおいて、しばらく考えたが、わからない。たしか、昭和ひとけた時代に、文藝春秋の忘年会が大阪ビルのレインボーグリルであった時、一緒に踊ったような気がするだけである。

戦争がはじまると、私は徴用されて陸軍文化部隊という特種な兵隊にされて、南方作戦に従軍したのである。其の時一緒だったのが作家の北原武夫君である。北原君の奥さんが宇野千代さんで、私は戦前からスタイル社の仕事をしていたので北原君とは仲がよかった。北原君と安吾さんが桜という同人会の仲だったので、安吾さんとは口はきかなかったけれど顔みしりだった。

安吾さんは作家だったけれど流行作家ではなかった。有名になったのは戦後である。戦争末期には日映という映画会社に居たと聞いた。日映は統合されたニュース映画会社である。

戦後、安吾さんはたちまち流行作家になった。其の頃は、まだ戦後のやみ市時代で、私達はカストリのお世話になっていた。安吾さんが覚醒剤のヒロポン中毒だという噂のあった時代である。

私達、漫画集団は、新橋、烏森の「凡十」という酒場へよく行ったが、安吾さんも「凡十」にはよく来て居た。「凡十」の主人は片瀬からかよって居た。片瀬の山の上の家は大きな家で、漫画集団のピクニックで、其の家の庭を借りて宴会をした事がある。

その頃、私は、作家の中野実さんとよく一緒だった。渋谷の中野さんの家で、ニコラシカという呑み方を教わった。ワイングラスへブランデーを入れ、レモンの輪切りでふたをし、其の上へ白砂糖を盛るのである。呑み方は、まずレモンで白砂糖をつつんで口へ入れ、後からブランデーを一口で呑み、砂糖とレモンを嚙み合せるのである。

忘れない内に復習をしようと、「凡十」へ寄った。ところが「凡十」にレモンがなかった。近所でみかんを買わせた。ブランデーも置いてなかった。仕方がないので、いも焼酎にみかんの輪切りをのせ、砂糖を盛った。

しかし、当時の味を忘れたので、この原稿を書くため、うちで再現してみた。近頃の焼酎は昔のように臭くないので当時の味とは違うだろうが、みかんと砂糖に合ったのが面白かった。「凡十」では皆んなにすすめたが、安吾さんにすすめたかどうかはわからない。

私は銀座へ出て再び烏森へ引返して駅で安吾さんと会った。うちへ来いと言う。安吾さんの家は矢口の渡しのそばだという。行ったら帰れないから泊るよと言うと泊れと言うので、ついて行った。

戦後アメリカに居た私の母の妹が、ロスアンゼルスの「羅府新報」という日本字の新聞社へ私の住所を聞きに行った。そこで私の住所がわかったので、おばさんから私の母へ救援物資をどんどん送って来た。当時の日本にはないものも沢山あった。其の中に、派手なピジャマがあった。子供用だと思うが、えりがワイシャツのようで、縞の柄が気に入った。私は、それをワイシャツ代りにして、ネクタイを結び、ふだん着にしていた。

安吾さんの家へ行き、一杯呑んで、寝かせてくれと言ったら、

「すまないが寝まきがない」

と言う。

「大丈夫だよ、もってるから」

と言って洋服をぬいだら、下にはピジャマのズボンをはいていたし、上下そろいの縞模様だったので、安吾さんはたまげたらしい。無頼派のくせに、よほど驚いたと見え、人に会うと、横山は寝まきのまま歩いていると宣伝してくれた。

安吾さんの家は、二階建のアパートのようだったし、工場の宿舎のようにも見えた。そこは安吾さんの兄さんの家で、東京へ来た時泊る場所だと後で知った。

次の朝は、おけさめしというのをごちそうになった。

私は日記を書かないから、それが何月頃だったのかわからない。

安吾さんは一九五五年に亡くなった。四十九歳だった。五十四年の暮に安吾さんへ年

賀のはがきを出した。私はめったに出した事のない賀状だった。それは、たまたま人に頼まれて描いた年賀はがきを、其の人が余分に印刷して私に届けてくれたので、出す気になったのである。私の描いたのは、一九五五という字を魚にして描いたものである。安吾さんはわざと私のまねをして、犬やとりや人間に変えて描いて来た。正月酒に酔って、さっと描いた画である。

日付は一月二日で、桐生局の消印があった。二月十七日に亡くなったので、たおれる前だと思うと胸がいたむ。この賀状は私の家宝となっている。

織田作之助と酒

青山光二
（作家）

昭和二十一年の晩秋、私は二年ぶりで織田作之助に会った。読売新聞に連載中の長編『土曜夫人』の舞台が東京へ移るのを機に、戦後はじめて、彼が上京して来たからである。戦争に隔てられて、二年余りも会わずにいたからといっても、その間、ひっきりなしに手紙の往復はあったから、べつだん、ことあたらしい話題がたまっているわけでもなかったが、廃墟の東京へ皮ジャンパー・スタイルで乗込んで来た彼の身辺には、私が想像していたのとは又違った異様な活力がただよっていて、私の眼をみはらせた。

西銀座の酒場「ルパン」のストゥールに並んで腰をおろして、ダブル・グラスのウイスキーが二杯目になったとき、

「どや、酒量あがったやろ！」

と織田はいって、笑いかけて来た。

「うん、――京都で修業したのか？」

「そや」

私もおなじように二杯目だった。ふたりは頷き合って笑った。

織田と私は、酒量において、いつもだいたいおなじだった。ダブル・グラスで二杯もいければ、まさに酒量があがったというべきだったのだ。

その時からちょうど十年前、織田が三高を退学して、大阪の帝塚山に近い姫松園アパートという所に一人で住んでいた頃のことである。私は東大の学生だったが、しょっちゅう大阪へ舞い戻っては、織田と二人で、盛り場の街々を「放浪」していた。ある夜、心斎橋筋の裏通りの、とある小さなバーの扉をおすと、カウンターのストゥールから振向いた一人の客と顔が合った。

「よお」

と織田が声をかけた。テーブルについてから、彼は、

「兄貴の店の番頭や」

と私にいった。兄貴というのは、義兄に当る竹中国次郎氏のことで、織田の生活費は

この義兄から出ているのであった。竹中氏は日本橋一丁目の電機商をいとなんでいた。

番頭氏はそのバーの常連らしかったが、私たちには、はじめての店だった。どだい私たちは、バーにはあまり用がなかったし、喫茶店にしろ何にしろ、毎日のように出かける店でも、いわゆる常連になるという現象は、私たちに限って、ほとんど起らなかったのである。つまりは私たちは、常連というものを軽蔑していたようだ。

心斎橋裏のそのバーで、私たち二人は、ビール一本をやっとのことであけて、早々にひきあげた。常連顔の番頭氏がいたので、よけい居心地がわるかったのだ。

二、三日して又おちあったとき、織田は、

「こないだ、兄貴の店の番頭に会うたやろ。あれ、効果的やったぜ」

と、可笑しそうに、いった。竹中夫人である織田の姉上によると、番頭氏は主人の竹中氏に、

「作之助はんがお友達と二人で、ビール一本あけるのに苦労したはりましたで。あれやったら、まあ、安心でんな」

こういって報告したのだそうだ。

「あいつら、酒だけが遊びやと思うてけつかる」

「あさはかなもんやな」と私。

「そや。あさはかなもんや！」

しかし、考えてみると、その頃の私たちは、盛り場の街から街を、文字通り夜となく昼となく歩きまわりながら、足をとめる場所といえば、すべてこれ喫茶店であったのだから、無邪気なものだ。「仏蘭西屋敷」や「アジア」や「バット」といった店を、むやみやたらと歩きまわった。といっても、珈琲をのみながら、レコードの音楽に神妙に耳を傾けるという図ではない。音楽など聴く耳はもたないのだということは、いかに私たちがよくしゃべったか、想像していただきたいようなものである。珈琲に飽きると、時にはポンパンという林檎酒を飲んだり、むろん酒だって飲まなかったわけではない。「アジア」はバー兼用の、だだっぴろい、どっしりした構えの、昼なお暗い喫茶店だった。そして、私たちが食事をする場所は、難波の「木の実《こみ》」や戎橋際の「ぼんち」や千日前の「寿司捨」であった――。

その頃に較べれば、戦後の織田は、たしかに酒量があがってはいた。が、バーを二、三軒もまわって、ひどく酒がまわったかのようにふざけちらしているときでも、実は、ビール一本ぶんのアルコールがはいっているかどうか、あやしいものだったはずだ。飲んでいるように見せていただけなのである。

酒に酔った状態の織田を見たことは、私は一度もない。酔うほど飲めるわけでもなかったし、飲んだとしたところで酔いはしなかった。もともと彼は、酒を飲んで酔う必要はなかったのである。

酔う必要から人は酒を飲むのかどうか、酒飲みでもない私にはわからないが、少くとも、酔うために酒を飲む場合があるのは事実だろう。

ジャン・コクトオの『阿片』という書物に、日本人は常時阿片に酔っているような国民だという意味のことが、たしか書かれていたが、織田作之助という男は、阿片だか酒だかわからないが、常住坐臥、寝ても醒めても、そういうものに酔っているかのような人間だった。彼の生活感情が、常人とは一ト調子も二タ調子も、完全に異っていたことを、かんたんに説明するのはむつかしいが、つまりは、酔っている者と醒めている者との違いであろうか。酔っているような生活感情のなかで、現実を見すえるリアリストの眼だけが、冴えて光っていた。

例えば太宰治は、酒を飲む人だったが、飲んでいないときの彼は、醒めすぎるほど醒めていた、と思う。織田作之助はそうじゃなかった。酒を飲まなくても、酔っていた。理詰めになりすぎたきらいがあるが、織田は酒を飲んで酔う必要がなかった。とさきに書いたのは、こういう意味からである。

しかし、私もそうだが、織田も、酒を飲む場所の雰囲気や、酒に酔うことによってひとびとのあいだにかもし出されるゆたかで賑やかな空気が好きだったことは、いうまでもない。日ごろ重厚慎重をきわめる人も、酒に酔うことによって常識をかなぐり棄て、軽佻浮薄となりうる。それあるがために、織田は人を酒場に誘い、率先して軽佻浮薄の音頭をとり、いうならば死にもの狂いで、はしゃぎ、ふざけちらしたのだ。

今となって私は、ふざけちらす彼の日常演技の裏側に、ぴたりと貼りついた暗い孤独な心情が、まざまざと見える気がする。彼の存在・生命・肉体を賭け、それらを浪費しつくすことによって、まもり通し、定着しおおせた彼の独自な感受性の世界が、私には見えるのだ。

人間において、内臓の出来具合と生活感情とのあいだには、何らかの関連があるのかどうか。織田が酒の飲める、酒好きの人間であったとしたら、おそらく、あのような時期にあのような死は来なかったような気もするのだが、しかし、それは今さら、いっても帰らぬことだ。

げんざいの私は、織田より十四年生きのびたぶんだけ、いくらかいけるくちになっている。酒場のカウンターに凭《もた》れているときなど私はふと呟《しわぶ》く、

「どや、酒量あがったやろ！」

するといった、織田作之助の人なつっこい笑顔が、頤《あご》をひいて頷きながら、眼は、死の間際に見せたあの、あの叡智を宿して、私を見る。宿願の地獄極楽の小説でも、彼はあの世で、書いていることだろうか。

酒鬼・梅崎春生

巌谷大四
（文芸評論家）

四、五年前のことであった。梅崎春生氏に会った時、「われら、卯年生れの作家、ジャーナリストなどで、「うさぎ会」というのをつくろうではないか」ということになった。

私が世話人になり、文藝家協会の『文芸年鑑』の巻末名簿をしらべると、これが意外に少ない。

それでも十二、三人位通知を出して、集ったのは、次の七人である。

梅崎春生、野間宏、戸板康二、徳田雅彦、平岩八郎、頼尊《よりたか》清隆、巌谷大四。

それはただ、大いに呑もうという会である。四、五回やったであろうか。そのうちに一人二人ガタが来はじめた。野間氏が病気になり、梅崎氏が病気になり、何となく立消えみたいになった。最近、野間氏、梅崎氏も、会などに顔を出すようになったので、「久し振りにまたやろうではないか」と言ってたところであった。ところが、そもそもの提案者の梅崎氏がぽっくり死んでしまったのである。

今にして思うと、梅崎氏はもうその頃から身体がよくなかったらしい。そのくせ酒の好きな梅崎氏は、何かの会をつくって酒を呑みたかったらしい。梅崎氏は自宅では既に公然とは呑めなかった。そうかと言って、パーティとか大勢の会はあまり好まない。そこで考えついたのが、この会だったらしい。おめでたい私は、すぐに乗ってしまい世話役になったのだ。そのうちに、梅崎氏に電話で都合を聞くと、「どうも胃の具合が悪いから」とか「肝臓が悪いから」とか言って、会はのびのびになった。どうやら奥さんにかぎつかれ、出にくくなったようである。

この間、お通夜の晩に、いろいろの人の話を聞いてみると、梅崎氏は、二年前に肝臓の病気で入院したが、その時彼は癌ではないかと心配したのが、医者の診断で、癌でないことがわかって安心したらしい。しかし、肝臓の方は大分悪いから、酒は絶対に呑ませてはいけないと、奥さんに言っていたそうだ。

ところが梅崎氏は、どうしても呑みたくてウィスキーを書棚のうしろへかくしたりした。既にアル中の気になっていたのではなかろうか。

　それを奥さんが見つけると、瓶を取り上げ高価なウィスキーを、ながしへジャージャーと捨てた。梅崎氏は子供のようになげいて、近所の友人に電話をかけ（彼は遠藤周作氏と並び称せられる電話魔でもあった）「今、かみさんが、僕のウィスキーを捨ててるんだよ。聞えるだろう、音が。ああもったいない。君、何とか呑ませてくれよ」と叫んだと言う。

　また奥さんが留守になると、酒屋へ電話をかけ、ウィスキーを取り寄せて、ぐいぐい呑んだ。そこへ奥さんが帰ってくると、あわてて瓶をかくして、「呑んでないよ、酔ってないよ」と言った。ところが、既にへべれけで立とうとしても立てない。あげくのはてに瓶をみつけられ、また捨てられるという始末だったという。

　肝臓が弱くなると、酒の酔いも早くなって少量でも、足を取られるようになるらしい。それではごまかしようがないというものだ。

　最近、雑誌の戦後派の座談会に出席した時すっかり悦んで、めちゃめちゃに呑んだらしい。しまいには自分の家もわからなくなり、埴谷雄高氏が送って帰ったという話だ。

　梅崎氏の最近の傑作「幻化」（新潮）には「幻覚」になやむノイローゼの男が出てくる。どうもこれは彼自身のことらしい。彼のアル中は、もはや「幻覚」が出るまでにいっていたのではなかろうか。ウィスキーのアル中は恐ろしい。アメリカ映画で見たことがあるが強度のアル中はまったくすさまじい。梅崎氏も次第にそんな風になっていたのではなかろうか。

亡くなった火野葦平氏は、自らを「酒童《しゅつぱ》」と言った。『酒童伝』という本も出している。梅崎氏の最後は「酒鬼」になっていたのではなかろうか。肝硬変になるキザシがありながら、奥さんにしかられて、ウィスキーを呑むとはムチャな話である。しかし、もうその時は、彼は酒の鬼になっていたのだ。呑まずにはいられなかったのだ。気の弱い彼は、何らかの恐怖感におそわれ、いたたまれずに、酒をあおったのではなかろうか。酒を呪いながらも、酒に魅せられ、がむしゃらに呑んでしまったのではなかろうか。最後には肝臓が破裂し、体内が血だらけになり、その血を吐いて、苦しみぬいて死んでいった。

彼は、最後の「破滅型」の作家であったようだ。太宰は心中し、坂口は麻薬で死んだ。そして梅崎氏は酒に身をほろぼしたのだ。

しかし、梅崎氏よ、もう、今は安心だ。心おきなく呑みたまえ。

檀一雄の「蛍」の句その他

眞鍋呉夫
（作家）

世に「天馬空《くう》を行く」と称された檀さんの豪快な飲みっぷりは、よく知られている。たとえば檀さんの掉尾《ちょうび》の大作『火宅の人』のもっとも深切な理解者の一人である水上勉氏なども、檀さんの晩年に何度か講演旅行を共にした時のことを回顧して、「とにかく、吹雪の中でも、町から町への大ハシゴである。車で二時間かけてもすっ飛んでゆく。『火宅の人』にも、スケールの大きなハシゴがふんだんに出てくるが、私など弱体の風邪ひき男では、とてもついてゆけない」（「ひとすじの光」――『新潮』昭和五十一年三月号）

と、述懐しているほどである。

それだけに檀さんには、行く先々の宴席で興に乗じて揮毫した秀句や秀歌が少なくないが、無論、時間や紙幅の制約もあることだから、ここでその全部を披露する訳にはいかない。そこでここにはその中から、特に筆者にあたえられた課題にふさわしいと思われる歌句の二、三を紹介して、できるだけ簡潔にその時々の雰囲気を註記してみよう。

奇峯亭泥酔而與重郎ニタテマツルウタ　即チ
掻い潜るをのこもありて蛍水の上

昭和二十三年夏。おそらく、太宰治の入水が報道されて数日後のことであったろう。おりから『リツ子・その死』の最終章「終りの火」を執筆していた石神井ホテルの一室で、與田準一氏・独立の田中厚巳画伯・筆者などと痛飲した夜、田中画伯のスケッチブックに書きなぐった即興句である。

ちなみに、この前書のなかの「奇峯亭」は、ドン・キホーテから思いついてたわむれにつけた檀さんの別号。與重郎はもちろん保田與重郎のことであるが、檀さんはこの時から数年後に、その保田のことを「太宰とならんで、けだし天才を称しうる日本浪曼派の双璧であったろう」と果敢に立言している。

ところが、その一人はもうこの世にはいない。濁りに濁った玉川上水の底に沈んでいる。もう一人は北支の陸軍病院から復員後、引き続き故郷の桜井で病床に呻吟している。そこで、前者の死にはげしく震撼されつつも、たとえそれがいかにあわれではかない命であろうと、そのあとに残された生者としての思いのたけを後者に披瀝してその回復を祈り、かつはかたみに鼓舞しあっている。この句からはそういう、なにか起死回生への矯めとでも言ってみたくなるような、一種危うい揺曳が感じられる。

そういえば、檀さんはこの時から二年前の春、律子夫人を失ったときにも、

國破れ妻死んで我庭の蛍かな

という佶屈《きっくつ》な字あまりの句を詠んでいるが、これらの句に灯《とも》っている「蛍」は、単に死者の魂を象徴しているだけではない。同時に、生者としてのわれわれが精根つきてその身を失うか、それともそのどん底からよみがえって新しい命を得るか。そういう瀬戸際に立ちいたった時のたゆたいがちな魂の象徴でもあることは、ここでわざわざ和泉式部の例の絶唱「沢の蛍」の事例を引合にだすまでもないことであろう。

夜行亭ハ眞鍋呉夫ガ別號ナリ

何處まで行果すらむ照る蛍

「掻い潜る」と同じ夜の作。前書の「夜行亭」は、当夜、敗戦後の「百鬼夜行」的な世相から私が即興的に付会した別号にすぎないが、当時の檀さんの筆者に対する鼓舞と嘱望がいかに桁はずれなものであったか。それは、前句を味読した後にこの句をよみくだすだけで、はっきり感得していただけるであろう。にもかかわらず、爾来四十年、すでに檀さんの行年を四つも越えているのに、この愚かな「秋蛍」はいったいどこを迷いあるいているのか。省みて、忸怩たらざるをえない。

月下舟遊

有明や月を透かして酒をつぐ

多分、昭和三十五年の秋、たまたま取材のために柳川を訪ねた本誌（『酒』）の当時の編集長佐々木久子さんを誘って、川下りに興じた夜の句であろうと思われる。檀さんはその少し前に、『火宅の人』における「矢島恵子」のモデルと酔余のつかみあいを演じて柳川へ脱出、以来旧藩邸を改造した旅館「お花」の離れに滞在していたのだが、『火宅の人』には、その夜の舟遊びの情景が次のように描かれている。

「私は笹山ケイ子の首ッ玉に自分の腕を廻しながら、船中に持ちこまれた酒をガブ飲みする。どうやら船は灯台を廻り、有明海の中に入りこんだようだ。……（中略）……

『今夜は心中しようよ。ケイさん』

私が彼女の首ッ玉をゆすぶるから、

『いいわよ。心中にしましょ』

『本当だよ。心中しよう。ケーイ、ケーイ』

私は狂おしく、笹山女史の小さい体を、船べりからのけぞらせながら、海に向って吼えるのである」

もっとも、これは小説『火宅の人』のなかの一節である。だから、「笹山ケイ子」が即ち佐々木久子さんその人であるとは言えないが、少なくとも二人の会話に続く最後の数行を別とすれば、檀さんの当夜の酔狂ぶりはあらましこんなものであったにちがいない。

ほどほどに酔ふべきものを値賀乃島
波越すまでの酒のさまかな

昭和四十三年の二百十日の当日、小彌太さんやふみさん、さとさん、筆者などと共に五島列島の小値賀《おじか》島を訪ねた時の作。事実、小値賀島は平坦な小島で、たとえ酔っていなくても、少しでも大きな波が打ち寄せてくればたちまち洗い流されてしまいそうな不安に駆られたことを覚えている。おそらく、檀さんがこの世に遺していった四十余首の中でも指おりの秀歌であろう。

井上靖氏の思い出

巌谷大四
（文芸評論家）

私は編集者が訪ねて来られると、「君、酒を呑む？」と訊く癖がある。そして「えゝ」と応えられるとにんまりとする。その編集者が若いと、「酒の修行をするといいよ」と余計なおせっかいを言う。自分の経験から、酒が呑めないより、呑める方が得だと思っている。

井上靖さんに、最後まで親しくしてもらえたのも、私の場合は、お酒のお蔭である。はじめて井上さんと盃をくみかわしたのは、丁度、井上さんが、『氷壁』で評判になっている頃だったと思う。井上さんは実にいい酒呑みである。文壇では横綱級の酒豪であったが、決して乱れないし、じっくりと、延々と呑みつづける酒好きである。呑みながら話し合うのが好きなのだ。それが、実にいい話をして下さった。聞きっぱなしで、まったくもったいないことをしたと思っているが、これぱかりは仕方がない。こちらが頭が悪いから、おぼえてもいられないし、どうにもならない。でも、私はそれでも、随分得をしたと考えている。言うなれば、最後まで脛《すね》かじりであった。

昭和三十五か六年頃から、井上さん、毎年、十数人の仲間と、穂高岳へ登った。作家、編集者十数人の、「かえる会」という会である。その会員になる資格は、まず酒が呑めること。そして、一度は、前穂高岳の柄沢小屋まで登ることである。もっとも山本健吉さんは、「僕はヘリコプターで、上高地から柄沢まで、らくらく行ったよ」と、いばっていたけど。

私は、昭和四十二年の九月、生れてはじめての山登りで、柄沢小屋へたどりつくことが出来て、メンバーに入ったのだ。

その時、井上さんが、真夜中に、起して下さって、「星を見て来たまえ」と言われた。外へ出て見ると、本当に素晴らしかった「満天の星」であった。感動した。今も忘れられない。

それから、山小屋の二段式の寝床の下の段に皆腰をかけ、酒宴がはじまった。この酒が骨身にしみわたるうまさであった。

「うまいですな。バーとは格別のうまさですな」と私が言うと、みんなが笑った。

昭和五十一年の十一月の末、井上さんから電話がかかって来て、「中国へ一緒に行きませんか」というお誘いがあった。

そこで、大岡信、伊藤桂一、清岡卓行、秦恒平氏と一緒に中国へ行き、北京をふり出しに、大同、杭州、蘇州、紹興、上海とまわった。毎晩、井上先生の部屋に集まって、酒を呑みながら、歓談した。私と秦恒平氏だけが酒呑みで、深夜まで部屋に残って呑みつづけ、話しつづけ、まことに心の豊かになるいい旅であった。

酒は、主に、マオタイで、それに、汾《ふん》酒という、焼酎《しょうちゅう》に似た、なかなかうまい酒だった。焼酎よりはるかにうまいと思った。強い酒だが、こころよく酔《よ》い、さらっとしていて、あと味がよく、悪酔いしない、いい酒だと思った。「これはいけますね」と、先生も、お気に召したようだった。

紹興へ行って、本物の紹興酒を呑んだのは、私にとっては、この旅のハイライトであった。私は、この紹興酒というのが前から好きで、よく呑んでいたが、紹興で本物を呑んで、やっぱり、こいつはうまいと思った。

私は、日本酒党なのだが、この紹興酒というのは、一番、日本酒に近いと思う。つまりかんをして呑むとうまい酒なのである。

強いのから弱いのまで数種類あるらしい。色の濃いこげ茶色から薄茶色のまである。濃いのを一瓶（五合）土産にくれたが、我が家へ帰りつくまでに呑んでしまった。

昨年の夏、私は四十度の高熱を発して、肺炎になりかけて、一週間入院して、危く命拾いをした。そのあとで、銀座で「かえる会」があって、その時、井上さんに、病気の話をして、あぶなく死にかけましたよ、と言うと、「お互いに、あと十年くらいは生きましょうよ」と言われた。

しかし、それが最後になってしまった。それから半年ほどで、先生は、先にあの世へ旅立たれてしまった。

先生、もう一度、

「さようなら　ご冥福を……」

やがて、早くも一周忌である。

竹林の酒仙——富士正晴さんの思い出

津本陽
（作家）

同人雑誌『ＶＩＫＩＮＧ』で小説の修業をしていた頃、茨木市安威《あい》の富士さんのお宅へよく遊びにいった。

富士さんは酒が好きというよりも、酔うのが好きなようであった。

「俺が酒を呑むのは、経済的スリラーを忘れるためや。寝るときも大コップ一杯のウイスキーを呑む。それで寝られなんだら朝まで起きてな、しゃあない」

同人たちは富士さんに話を聞いてもらいにゆく。

当面の問題というのを、皆は抱えていて、大小さまざまの相談ごとを富士邸へ持ってゆく。

「俺にはなあ、問題を解決してやれるような何の力もあらへんわ。しゃあけど、うん、うんいうて聞き役になったるのや。ほんでまあ、そんなことやったらこれくらいのところで辛抱せな、仕方ないでというたら、皆何となし胸のつかえが下りてな。帰っていきよるねん。俺はまあ愚痴の聞き役いうところかなあ」

富士さんはたずねてゆく人々の悩みをなぐさめる、優しさをそなえていた。

そういうと、彼は笑う。

「俺に優しさなんて、あるか。そんな歯の浮くようなものは、持ちあわせてないよ。相談にくる連中は、俺に話をすることで、俺を通して現実をもう一遍見直して、ほんであきらめて去《い》によるねん。

もっとも気力のある奴は、問題解決のために気力を奮いおこしよる。それは、俺がそうさせたわけやない。勝手に来よって、勝手に奮いたって去によるだけや」

私は富士さんと世間話をしつつ、酒を呑むのが好きであった。

好き、というのは、そうすることで苛烈な現実を眺めなおす余裕を、心中に持つことができたからである。

いろいろと話題を変えるうち、当面の悩みごとに触れてゆくと、富士さんの表情が微かに変る。

眼差しがきびしくなって、ははあ、この男はこんな悩みを持ってきたのかと感づくのである。

何しろ居心地がいいので、つい長居してしまうことになってしまう。風のある日は窓外に竹林のざわめく音を聞きつつ、昼間から暮れはてるまでおしゃべりをする。

富士さんのところには、いつも上質のウイスキーがたくさん置かれていた。

いつか押入れの襖をあけ、酒瓶の列を見せてくれた。

「皆、俺が酒呑みやと思うて、持ってきよるやろ。それでこんなに溜まってしもた」

狭い書斎で置き炬燵に足をいれ、巧みな座談にひきこまれていると、おたがいにボトル一本ずつぐらいは、いつのまにかあけていた。井戸水で割った生ぬるいウイスキーを、奥さんの手料理を肴にあけていると、陶然と酔いがまわってくる。

私は家ではあまり酒を呑まないので、ボトル一本をあけているのに気づくと、自分でもおどろいた。

日本酒を呑んだ最高記録をつくったのも、富士さんのお宅であった。

私が四十四、五歳であったから、富士さんは六十歳の頃である。

正月二日のことで、富士さんの書斎には女性の同人が二人いたが、男は私だけであった。それで、たがいに一升瓶の口をあけ、徳利につぐと傍の火鉢で燗をして呑む。

あまり酔った気分はなかったが、私は一本を空にして二本めにとりかかる。

午後九時半、小松左京、福田紀一らが騒がしくあらわれたとき、一升をあけた富士さんは、座ったまま頭を右に傾け、倒れもせずいびきをかいていた。

私は二升を呑みほしていた。午後十時頃、タクシーを呼んでもらい阪急茨木駅に出て大阪行きの電車に乗った。

それから地下鉄で難波へ出て南海電車に乗る。和歌山市駅に着くと、バスで和歌浦の自宅に辿りついた。午前零時を過ぎていたが、途中で意識不明になることもなかった。

その後、それほど大量の酒を呑むことはない。

やはり富士さんは、酒仙であったのだと思う。気がよわく、世間から竹林の隠士などといわれると、そのようなポーズをとることにあいつとめた富士さんが、酒に憂さを忘れる時間にいあわせたことを、いまもなつかしく思っている。

夫、保高徳蔵と『文芸首都』と私

保高みさ子
（作家）

娘のころの私は、何となく酒や飲酒という行為に対しひどく背徳的なことのように思いこんでいた。そんな私に、逢う度ごとに酒を飲む店を何軒もハシゴでつれ歩き、酒肴をふるまったのは恋人時代の彼であった。私にはそうしたことは初めての体験なので、急に大人の世界に入ったみたいで愉しく、貧乏なくせに気前のよい恋人の彼が一層好きになった程だった。

ところが一転して、彼と結婚し、家庭を持ってみると、彼の酒やその習慣が我が家にとっても彼自身にとっても最悪の癌であることが次第に明らかになってきた。が、時すでにおそし、である。

さすがの夫も戦時中は酒との縁も薄れていたが、終戦になりその反動で壮絶とでも言いたい程の飲みっぷりになった。彼と切っても切れない関係にあるのは、酒と同時に雑誌『文芸首都』で、それらと三位一体の彼は、私や子供たちと別れてでもおそらくそっちの方をとるであろう。『文芸首都』は万年赤字雑誌だから、私は家庭や子供を守る為に小説を書くことを思いついた。酒に怨みはかずかずござる、亭主に怨みもかずかずござると、憤怒にもえて書いた処女作『女の歴史』が思いがけなくベストセラーになり、日本中を席巻し（？）『文芸首都』を有名にした。戦後という活気ある時代を背景に、新しく多くの若者たちが雑誌に参加した。北杜夫、なだ・いなだ、佐藤愛子、少しおくれて中上健次、林京子、勝目梓、後に中上健次と結婚したかすみ夫人こと、紀和鏡などである。

私が酒を飲むようになったのは、小説を書くようになった時と一致する。明日〆切という前日でも夫は酒席に私を据え、えんえん四、五時間に及ぶので、当然夫婦喧嘩になる。すると彼は言うのである。

「君も酒を飲みなさい。そうすると喧嘩にならぬ」という訳で私は次第に酒の功徳を識るようになり、腕も上げる結果となった。成程、私のような朴念仁には酒は大変勉強になり、異次元の世界を知ることができるようになった。東京はその頃まだ焼野原で、雑誌の月例の合評会の場所もなく、焼け残った我が家兼、首都社をそれにあて、二間ぶち抜いて六、七十人の会員、同人がひしめきあった。休憩時間にはたった一つのトイレの前の長い廊下にえんえんと行列ができる。会が終ると編集委員や同人たちで酒宴となった。当時は酒は中々手に入らないので焼酎とかどぶろく的なアルコール飲料が主で、飲む程に酔う程に大虎小虎が続出し、座敷で失禁する豪の者まで出る始末だ。ある時北杜夫が友人の酒造家の息子と灘の生一本を下げてやって来て、

「『文芸首都』の連中のあの酔態は何たるザマですか。あれじゃ首都社じゃなくて酒徒社です。今日は私が酒の飲み方を教えます」

と、大口をタタキ、保高と三人で飲みだした。持参の酒は忽ちなくなり、追加追加とあとを引く。今夜は酒一辺倒である。若者二人は忽ち酔いつぶれ腰が抜け、廊下に這いだし競争でゲロゲロとやりだした。傍で保高は面白そうに笑いながら、やあ、酔っぱらったな、と独り飲み続けていた。その晩若者二人は我が家の一組の布団の中で眠ったが、私は二人の枕元に何十枚もの新聞紙を重ね、嘔吐に備えた。おかげで一晩中二人の寝床から、ゴワゴワという紙音がし続けた。二日程して北杜夫は、ハガキをよこした。

——何たる醜態でありましょうか。私などはまだまだ牛乳でも飲むしかないようです、と。

次代の酒の豪の者は中上健次だ。彼は高校卒業の十八歳で上京し、首都誌上に矢つぎ早に力作を発表した。が、保高は五年の病床にあり、私は皆と計り、雑誌を終刊にした。

昭和四十五年新年に「終刊記念号」を出し皆様にお贈りしたが、その打ち上げ会を自宅でやった時、一同、悲愴、かつ感傷の思いにかられ盛大に飲みまくった。中でも若い中上健次は強力無双、体力絶倫、Kという細く非力な同人に摑みかかり雨戸もろとも庭に投げとばしたり、キスをさせろと私を家中追いかけ廻し、私は夫の病室に避難したりした。彼の妻君の紀和鏡は怖れをなしてトイレに閉じこもり私に百十番に電話してくれと頼む。ようやく皆で暴れる中上健次をなだめすかし帰る方向につれ出したが、近所の人は何事かと遠まきに見送り、私は彼の払いのけようとした手で、したたかに石垣に頭をぶつけ、大きなコブを作った。酒に於ける最後の修羅場である。

最近、田中光二という人の『オリンポスの黄昏』という作品を読み、その父上の田中英光氏のことをなつかしく想い出した。作家田中英光が「さようなら」という一連の名作集を遺して自裁したのはまだ三十六歳の若さであった。氏の代表作の一つに『オリンポスの果実』というのがある。昭和七年ロサンゼルスオリンピックのクルーの日本選手として参加した時のことを素材とした作品だが、波瀾万丈の生涯の晩年はアドルムと酒に蝕まれた悲惨なものであったが、二度我が家に愛人と共にやって来た時は、見上げるばかりの大柄な偉丈夫にも似ず、実に謙虚で繊細な心優しい人であった。その日酒乱の愛人と喧嘩になり、気の毒な別れ際であったが、太宰治の墓前で自裁をした時には、まだ幼い四人の遺児がいた筈である。我が家の息子たちも同じ年頃で、その晩、保高は子供らもまじえ、英光氏と楽しく早稲田の校歌を合唱し、氏は名作『野狐』にその時の情景を描いていた。光二氏もとうに父上の死の年齢をはるかに超えていられる。まことに親はなくとも子は育つ。天の摂理である。夫も昇天して早くも二十年になる。若き暴れン坊の中上健次も、はや中年のカンロクをもつ仕事盛りの壮年である。感無量。

開高クンと飲んだサケ

柳原良平（画家）

昭和二十九年の春、私は京都美術大学を卒業して当時壽屋と呼ばれていたサントリーの宣伝部意匠課に勤めはじめました。その同じ年の二月に開高クンはそれまで勤めていた奥さんの初子さんと交代して壽屋にやって来たのです。開高クンとはそれ以来の付き合いになります。

はじめの半年ほどは開高クンは酒屋さん向けのPR誌の取材で全国の酒販店巡り、私はデザインの雑用と別々の仕事でしたが、その後、新聞広告を二人で一手に引き受けることになりコンビになりました。私はあまり酒には強くない方で、主にビール、少々日本酒という程度です。開高クンとコンビを組むまでは先輩のデザイナーとビールを飲むぐらいのもので、時たま自社のウイスキーを飲むとぶっ倒れることがしばしばでした。

ウイスキーが飲めるようになったのは開高クンと仕事をするようになってからです。当時はまだテレビのない時代でしたから広告の主役は新聞広告です。しかも壽屋は広告で売っている会社ですから新聞広告の出稿量もたいへんなものです。毎月開高クンと三十種類以上もの広告を制作しました。残業もしばしばで、どうせ残業料のつかない勝手な残業ですから五時をすぎると机の上にころがっている撮影に使ったウイスキーをとって来て、二人でコップに入れて飲みます。氷も水もありません。ストレートでチビチビです。

とりあえずいくつかの原稿が出きて会社を出ます。開高クンは大阪の南、私は北の豊中に住んでいましたから、堂島という大阪駅から歩いて十五分ぐらいの場所にある会社を出て歩いてとりあえず大阪駅へ向かうのです。

大阪駅近くの梅田劇場の地下に老舗のサントリーバーがありました。スタンドだけ、男のバーテンダーの本格的なバーです。帰りにはよくここで二人でハイボールを飲みました。その頃はまだ水割りが一般化されていない時代で、大抵飲むのはハイボールでした。ここのは底の重いがっしりとした八オンスタンブラーにダブルの角瓶ウイスキーを入れたもので、当時はやりだした関東のＴハイ、関西のトリハイのような水っぽいものではありませんでした。

ある時、やはり大阪梅田の近くで屋台のバーを見つけました。屋台の屋根ウラからスコッチの空瓶をたくさんぶら下げたり、英語の焼印の押してあるスコッチの木蓋を飾ったりの面白い屋台なので二人でヒイキにしました。当時は今と違って物のない時代でしたので、われわれ壽屋の社員は毎月三本、社員用のウイスキーが割安で手に入れられるのです。「ローモンド」という銘柄、サントリー白札とトリスの中間ぐらいの中味で七百二十CC三百円なのです。このウイスキーをその屋台バーに持ち込んで、まるでバーのオーナーになったような気分で飲んでいましたが、その内、この屋台が道路交通法違反で押収され、おしまいになりました。

洋酒の壽屋に勤めたからという訳でなく、どちらかといえば洋酒が好きな方だったと思います。アメリカの雑誌のエスクワイア誌、プレイボーイ誌などの洋酒の広告を見て飲み方を研究しました。オン・ザ・ロックという飲み方は私たち二人が日本人にはやらせたと自負しています。それまで日本の広告には出ていなかったはずですから。

トリスバーが流行りだし、それを応援するPR誌『洋酒天国』が発刊されたのが昭和三十一年の春です。開高クンが編集長でした。かねてから小説家を志し、東京に出る計画をすすめていましたが、この年の十一月、私の家族と共に夜行列車に乗って転勤上京したのです。目的通り三十三年、開高クンは芥川賞を受賞して小説家の道を歩くことになります。

作家になってからはみんなの知っている通り、取材に釣りに世界をかけ巡り、豪快に酒を飲んでいました。質の良いウイスキーとぶどう酒が好きでした。十年ほど前に冬の越前海岸へ越前ガニを食べに二人で旅をして以来、その後はお互いの仕事に追われてゆっくり酒を飲む機会がなくなりました。会おうと思えばいつでも会えるという気安さがあったのでしょうが、こんなに早く開高クンが去ってしまうのなら、もっと無理に機会をつくって飲むのだったと悔まれます。

Ⅲ 評論家・学者の酒

君たちは一軍半――大宅壮一先生のこと

大隈秀夫
（評論家）

社会評論家の故大宅壮一は、大変な下戸だった。昭和三十年代の後半、大宅が主宰するノンフィクション・クラブの一行で南九州へ旅行したことがある。鹿児島県指宿《いぶすき》温泉での一夜、土地の名物「酒ずし」が出た。酢の中に少量の日本酒を混ぜた一種の押しずしである。酒好きの連中はビールやウイスキーを飲んでいた。ふと見たら大宅は畳の上に身を横たえ、顔を真っ赤にしている。器の中のすしは半分くらい残っていた。

「大宅さん、どうしたんですか？」

「おれはもう酔っぱらったよ。君たちはこれでよく平気なんだな」

しばらくたつと、大宅はもう寝息を立てていた。この一事をもってしても大宅がいかにアルコール類に弱いかがわかるだろう。

　同じころ、みんなで信州へ出かけたことがある。ＪＲ新宿駅で中央本線の下り列車に乗る直前、ある出版社の編集長が旅先で飲んでくださいと言って、きりの箱に入ったウイスキーを届けてくれた。その夜は上諏訪の温泉宿に泊まる。夜更けてトランプ遊びに興じているとき、大宅が言った。

「今日もらったきり箱入りのウイスキーを開けて飲めよ」

　草柳大蔵が箱のふたを取ると、ジョニー・ウォーカーの黒ラベルと赤ラベルが一本ずつ並んでいた。珍しそうに見ていた大宅が草柳に尋ねる。

「おい、同じレッテルなのになんで黒と赤の瓶が入ってるんだ？」

「大宅さん、黒と赤がどう違うのか、そんなことも知らないんですか」

「……」

　草柳が得々として説明する。

「黒は男が飲むウイスキーで、赤は女性用ですよ。僕たちは男だから黒を頂きまあす」

「赤は女用か。じゃあ、女房へ土産に持って帰るか」

　大宅昌夫人はかなりいける口である。日本酒なら二、三合は飲む。トランプ遊びは佳境に入り、ジョニー・ウォーカーのブラック・ラベルはたちまちのうちに空になった。

草柳が言う。

「大宅さん、男物のウイスキーはなくなったんですけど……。婦人用を開けて飲んでもかまいませんか」

「女房にはおれが買ってやるから、飲め、飲め」

東京へ帰ってから半月くらいたって、大宅夫人に会う機会があった。

「あなたがたは人が悪いわね。大宅にうそばっかり教えたでしょ。信州から帰ってきた夜、大宅から上諏訪の旅館での一件を伺ったわ。まじめな顔して話すのでおかしかったけど、大宅のプライドを傷つけちゃいけないんで、わたしは黙ってました。無知なお年寄りをあまりからかうんじゃありませんよ」

アルコールのたぐいはからっきしだめな大宅だったが、クラブやバーの雰囲気は嫌いでなかった。都心で開くノンフィクション・クラブの例会の後はだいたいバーなどへ流れ込む。銀座二丁目の並木通りから路地を入った所にわれわれと同じ大正生まれのママが一人で経営しているスタンド・バーがあった。

気さくなおばさんで草柳や末永勝介、渡部雄吉にわたしを加えた悪童どもは、看板になった後、店のかぎを預かって翌朝までトランプのブラック・ジャックでうつつを抜かしたこともある。そんな話をしたら、大宅がぜひ連れていけと言う。

あるとき、七、八人で出かけた。いすの数が少ないので、ノンフィクション・クラブのメンバーが独占する形になる。みんながビールやウイスキーを注文した後、ママが大宅に聞く。

「先生は何になさいますか?」

しばらくためらった後、大宅が答えた。

「ミルクセーキ」

大宅と初対面のママは目を白黒させている。風ぼうから推し測って、ママは大宅を酒豪と見ていたらしい。

「はい、かしこまりました。ちょっと買い物に行ってきますので、しばらくお待ちください」

ミルクセーキは牛乳に卵を混ぜて砂糖を加え、氷を入れなければならない。バーなので氷や生卵はあるかもしれないが、牛乳や砂糖は置いていない。程なくママは帰ってきて、大宅のためにミルクセーキを作った。その夜の飲み代は全部で一万六千円ちょっとだった。大宅は発行されてまもない一万円札を二枚こっそりわたしに手渡して、他の連中といっしょに店を出る。

飲み代を払ってお釣りをもらい、わたしは一行の後を追った。

「大宅さん、これ、お釣りです」

「君は思ったより不粋だね。残りはちゃんとチップとして置いてくるものだよ」

酒をたしなまない大宅がチップを知っていたのには驚いた。発足して数年間のノンフィクション・クラブの会ではすべての飲食代を大宅が一人で払ってくれていた。大宅は口癖のように話していた。

「マスコミ界での君たちはまだまだ二軍選手みたいなものだよ。二軍が言いすぎなら、一軍半ってところかな。そのうち、みんなが一軍に昇格したら、そのときは割勘にしようじゃないか」

お殿様はぼんぼん——河上徹太郎さんのこと

辻　義一
（「辻留」主人）

河上徹太郎先生には大層可愛がっていただきました。二十三歳で東京に出て参りまして以来、西も東もわからない小僧っ子が、どういう風の吹き回しか、銀座の酒場へのお供を仰せつかり、金沢、京都、神戸、安芸の宮島や岩国などの旅行にもついて参り、果てはフランスまでもご一緒させていただきました。

金沢行は、吉田健一先生、観世栄夫さんを含めて四人の旅で、毎年二月の酒を仕込む頃と決っておりました。金沢の旦那方はみなさん顔をみるなりいいました。

「河上先生、吉田先生はお殿様ですねえ、能役者と料理人をつれてのご旅行とは」

両お殿様は大変なお殿様でした。朝ご飯の時決って吉田の殿が口を切られます。

「河上さんビールなど」

すかさず河上の殿は、

「うむ、ビール、酒にしよう」

となり、朝から始まります。宿のつば甚も心得たもので、ふぐのぬか漬、岩のり、くち子、ごりのつくだ煮など酒の肴にもよいものばかりです。

永い朝ご飯がおわり、新聞などを広げていると、もうお迎えの方がみえて昼のお呼ばれです。宿に帰ってそうこうしているうちに、

「お車が参りました」

の声が聞えて、夜の宴席となります。

大変な宴席に呼ばれていても、酔いが回ると決って河上の殿は、大きな声で「お勘定！」と叫ばれます。初めてお招きになった方などは、一瞬、気色張られたこともありましたが、すぐに口ぐせであることがわかって、ごあいきょうとなるのが常でした。

最初にゴルフに連れていっていただいたのも、河上先生です。プレーのあと、夜の仕事に間に合うよう、私がさっさと帰りかけると、

「ゴルフをして酒を飲まない奴があるか」

と、叱られました。

「ゴルフは教えないがマナーは教えてやる」

と、プレー中からいわれておりましたが、酒を飲むこともゴルファーの正しいマナーのうちであったようです。

岩国市の先生のところで、吉田先生、観世さんと枕を並べて寝たときは、枕もとの水を私がすべて空にしてしまい、お二人は手洗いの水を飲んで、あの水はうまかったと翌朝大笑いをされていました。

「さあ、これから城山に登るぞ」

と、先生が先頭に立って錦帯橋を渡り、勇んで山登りにかかりました。吉田先生は先見の明で遠慮されましたが、河上先生は連日の飲み疲れもみせずにとっと、とっとと登られます。

狩猟で鍛えた健脚はさすがでした。観世さんも同じ調子でついて登られました。私一人がそれこそ死ぬ思いでした。いまだにあの苦しみは忘れられません。

この山の上のお殿様から出張料理のご注文があっても、ちょっと考えてしまいますね……と私が弱音を吐いたものですから、あとになってさんざん先生にからかわれました。

この前、新聞で林忠彦先生の撮影で、先生が御母上にお酌をされている写真を拝見してなつかしく、お母さまが、先生のことを「徹ちゃん、徹ちゃん」と呼ばれていたことを思い出しました。

神戸の花隈の花街に長駒という八十を過ぎた芸妓さんがいました。先生の御尊父は船の会社でしたので、長駒さんはよく御尊父を知っていて、還暦をすぎた先生を「河上のぼんぼん」といっていて、何度会っても先生ではなく「ぼんぼん」でした。これはびっくりするやらおかしいやら、一気に肩の荷がおりたような気がしたものです。

ちなみに長駒さんは、伊藤博文が朝鮮に渡られる時、神戸の港よりお見送りをしたそうです。「その頃は半玉でしたえ」といっていました。

先生を非常に尊敬していた遠山直道氏が航空機事故で亡くなられたときのことです。終焉の地フランスのナントに行くことになりました。先生は二日ほど遅れて奥様とドゴール空港に着かれました。出迎えたのは当時日興証券パリ支店長の岩国さんです。

先生はファーストクラスに乗って機内サービスのシャンパンを飲み過ぎ、飛行機から降りるなり、その場にしゃがみこんで、岩国さんに向って「もう帰る。すぐ帰る」とだだをこねられました。

まったく初めて会った岩国さんは、すっかりあわてられ、一日たった後も、河上先生は大丈夫でしょうかと心配をされておりました。この岩国氏はアメリカの証券会社メリルリンチの副社長を経て、いまは出雲市の市長をされています。

「もう帰る」も酔った先生の口ぐせです。二、三日のつき合いで岩国さんもやっと安心をされました。

ナントよりバスでロワール川沿いをパリにはいりました。バスの若い運転手さんが、日本語もわからないのに、河上先生御夫妻に対しては、貴族に対するごとくでした。外を歩くときは奥様には日傘をさしかけます。どうしてえらい人だとわかるのかと不思議でした。

やっぱり河上先生はお殿様でした。

最後の鍋焼きうどん――亀井勝一郎先生のこと

利根川裕（作家）

「うちのセンセイに酒を教えたのは、太宰さんよ」

と、折にふれ亀井さんの奥さんが言っていた。

その太宰治の亡くなったのが昭和二十三年で、私が亀井勝一郎先生のところへ出入りするようになったのが昭和二十五年だから、お二人の飲みっぷりは知らない。

その太宰、亀井ご両人が、ともに紋付き羽織袴姿で、肩を並べて大いに笑っている写真がある。よほど機嫌のいいことがあった、という表情である。そして、許し合っている酒友の趣きがある。

毎年、正月の二日が亀井家の新年宴会で、まだ日の暮れないうちから酒宴がはじまったが、いち早く集ってくるのが、太宰さんのまわりにいた人たち。つまり太宰の残党である。

この一派は、酒が滅法強い。そして酔うほどに、話題はきまって太宰治である。太宰以外に、文学もなければ文学者もいない、といった勢いである。これでは、まるで太宰家の新年宴会である。そして亀井さんは、そういう話に乗るでもなく、乗らないでもなく、ご自分はカンバン役になって酒をすすめる。

当時売りだしの評論家や新進作家も集った。そしてたがいに酔うほどに、喧嘩口論がしばしば起る。喧嘩を仕掛けるのは、きまって太宰一派。なにしろこの人たちは、太宰を自分の占有物と心得ているから、一派でもない評論家や作家の口から、太宰、という言葉が出るやいなや、きっとなって気色ばんでくる。ましてや、彼らが信奉している太宰論、太宰像と少しでも違った意見が出ると、猛然と襲いかかる。

こういうとき、亀井さんは決して止《と》め男や裁き役にはならない。なるがままに委せて、ご自分はふだんどおりニコニコしているだけである。

「どういうものか、亀井氏は、相手を有頂天にさせたり、熱狂させたりすることの少ない人で、私交のうえで矩《のり》を越えることを好まないせいか、淋しい孤立の印象があった」

と記しているのは、『日本浪曼派』以来三十年のつき合いのあった檀一雄氏である。

亀井さんは、酒の上でも、矩を越えなかった。少なくとも人前で矩を越えたふうを見せなかった。酒の勢いで談論風発、容赦ない人物評が飛びだす、といった光景を、私は一度も見たことがない。

だから、派手な酒呑みではない。にぎやかな酒呑みでもない。そして、どれだけ酒の量が進んでも、態度様子はおなじだった。

ことによったら、べらぼうに強い酒呑みなのかもしれない。あるいはまた、もしかしたら、どうしても酒に酔いきれない体質なのかもしれない。私としては、亀井さんの酒の正体見たり、という場面に接したことがない。

ふだんは、もっぱら日本酒だったが、糖尿の気が若干あると言われてからは、ウイスキーが多くなった。

だいたい亀井さんはたいへん勤勉なかたで、夏は朝の五時、冬でも七時から机に向う。午前中いっぱい書斎にこもりっきりである。和服を着て、坐り机に向っての執筆である。その坐った膝のあたりに、いつもウイスキーの角瓶が置いてあった。それをチビリチビリ、あるいはグイグイで原稿に対面なさっていたらしい。

酒の肴に、特別の注文のない酒であった。何がなければ飲めない、という酒ではなかった。書斎のウイスキーには、つまみの類が何ひとつ用意されてはいなかった。

亀井さん、といえば、その白髪長身の美男ぶりや、その流麗な文章から、ずいぶんスマートな、しゃれた人と思っている向きも多いが、そういう世間の見立ては、的を射ているとはいいがたい。着るものにも食べるものにも、すこぶる無造作だった。

ある日の午後、都心近くでお会いして、用件が早く終ったので、「まあ、ちょっと飲もうや」ということになり、まだ明るいうちに銀座の「エスポワール」へ行ったが、たったいま開店でホステスさんもちらほら。つぎつぎと「お早うございまーす」とご出勤のホステスがあったりで、とても落着いてグラスを傾ける雰囲気ではない。すると亀井さんは、「みんな、まず腹ごしらえしようや」と誘いかけて、注文したのが鍋焼きうどん。これでは、とてもスマートな「エスポワール」の客とはいいがたい。

たった五十九年の、あまりも短かかった生涯だったが、最後の三年ほどはガンとの闘いで、もう酒どころではなかった。入院生活のまだ初期のころ、夜に入って慶應病院にお訪ねしたら、先客の編集者もいたが、亀井さんは急に、「何か食べようや」といいだして、このときもやはり鍋焼きうどんを注文した。すでに病体であまり食のすすみそうでない様子だったが、ひょっとしたら、亀井さんは鍋焼きうどんが、相手へのご馳走のつもりだったのかもしれない。

以後はますます病勢が募るばかりで、結局、私が長年お世話になった亀井先生とした最後の食事が、この鍋焼きうどんであった。

殁くなったのが、昭和四十一年十一月十四日午前二時すぎ。その夜、慶應病院の霊安室で、息の絶えた先生の横で私も朝を迎えた。これが先生との、最後の、そしてたった一度の一泊であった。

「十九年文科」の酒——篠田一士の思い出

川村二郎
（文芸評論家）

酒を初めて飲んだのは十六歳の春である。その春、旧制高校に入学した。今の高校生が酒を飲んだと分ったらただではすまないのだろうが、昔は高校に入るということは大人になったということを意味した。何の後ろめたさもなしに飲むことができた。

ただしそれは昭和十九年のことである。子供ならいざ知らず、大人になったつもりの少年の眼には、戦争の行方にほとんど希望の光が見えなかった時期である。当方が入ったのは文科だが、この年、全国の高校の文科系は、戦争遂行のためには不要の学科として、定員をほぼ三分の一に削減された。しかもそれまであった徴兵猶予の特典も剝奪され、十八歳になったら兵役に就かねばならなくなった。酒を飲む機会は、年かさの同級生が入営するのを送る、送別の席にほぼ限られていた。物資欠乏の日々に苦労して調達されたいかがわしげな酒が、旨かろうはずはなかった。

やがて戦争が終り、敗戦後の混乱期に大学に入り、カストリや薬用アルコールの類を多少は口にしたけれども、人間の飲むものとは到底思えなかった。飲めば大抵はすぐ吐いた。二十代はそれでおおよそ酒とは無縁で過した。

習慣的に酒を飲むようになったのは、三十近くなってからである。篠田一士に仕込まれたせいだ、としか言いようがない。

昭和三十年頃篠田と知り合って、彼が世を去る昭和六十四年まで、三十余年のあいだ、実によく飲んだものだと、わがことながら感じ入る。知る人は知る通り、篠田は力士並の巨漢だったし、その巨軀相応に並外れた健啖家だった。知識の莫大な蓄積に活力を与えねばならぬとでもいうように、よく食った。当然酒も多く飲んだ。当方は知識の量において及びもつかぬと同様、彼の大食も信じがたい思いではたから眺めているしかなかった。何しろ向うはこちらの三倍の体重があるのだからと、初めから諦めていた。ただ多分体質だろうが、酒だけは、さしたるおくれを取らずについて行けるようになった。

晩年に彼が体調を崩してからは、あるいはこちらの方が上回っていたかもしれない。

それにしても、なぜそれほどに飲んだのか。何となく気が合ったとか話が合ったとか言えばそれまでだが、こちらからすれば、一種戦友というのに似た連帯感で結びついていた所がある、という気がする。

つまり篠田もこちら同様、昭和十九年に旧制高校文科に入った口である。こちらは名古屋、彼は松江と土地こそへだてていたものの、定員削減、徴兵猶予取消しという文科に対する迫害は、全国共通だった。そうした事態を単なる災難と受け取る人は受け取ったろうが、迫害する力に憤りを抱きながら、憤りを嚙みしめ、あえて迫害に耐える心に、大仰に言えば殉教者風な誇りを秘める、といった執念深い人間もいたのである。篠田は明らかに執念深かった。折にふれては「十九年文科」と口にし、本来は文科志望だったのに徴兵逃れのために理科に入り、敗戦後文科に転科した人間を軽蔑した。もちろん軽蔑といっても閑談の座興、酔余の放言に近くはあったけれども、どこかムキになる所がなければそうした放言は出てこない。いずれにしても、「十九年文科」の執念と自負を共有する所に生れる同志的連帯感が、われわれの交りにかなり深く関っていたことは間違いない。

酒から話が離れているようだが、篠田の酒も結局「十九年文科」のものだったと思うのである。この年代の若者がロクな酒を飲んでいるわけはないのである。初対面の時には、当時まだ戦争犯罪人視されていた保田與重郎は偉大な批評家だということで意見が一致し、反時代的な志を披露し合いながらトリスを飲んだ。何分にも法外な知識の人だから、後には日本の酒についても西洋の酒についても蘊蓄を傾けるようになったが、感性の大元は、飲むものどころか食うものにも事欠いた戦中戦後に根ざしていたのではないかと、自分に引きつけて想像する。

ある時、珍しい酒が手に入ったから飲みにこい、ということで、篠田家へ御馳走になりに出かけたことがある。たしか当時すこぶる珍重されていた「越乃寒梅」ではなかったかと思うが、記憶がはっきりしない。つまり当方の味覚に関する享受能力など、曖昧な記憶しか残らぬ程度の微弱なものである。それでもその時は、なるほど旨いと思い、ガブガブ飲んだ。篠田も機嫌よく盃を重ねた末、陶然として、「ああさすがに〇〇（銘柄の名）は旨いなあ」と言った。するとお燗をつけて下さっていた奥さんが「あら〇〇はとっくに空けてしまって、今飲んでいるのは別の普通のお酒ですよ」とおっしゃった。途端に篠田は、いたずらの現場を押えられた腕白小僧のような、バツの悪い顔をした。自他ともに認めるグルマンでありグルメであり、世界の文学のみならず、世界の美酒佳肴についてもあまねく通じていた篠田ではあるが、「十九年文科」と飲む時には、級友の入隊を送る送別会的な気分に引き戻されたのではあるまいか。それは何とも分らない。ただ、彼と酒を酌みかわす機会が永遠に失われた現在、振り返って何よりなつかしいのは、蘊蓄を傾けた滔々たる熱弁の講釈ではなくて、熱弁の合間にふっと見せた戦中少年の無邪気な含羞の表情である。

父・原久一郎の酒

原卓也
（ロシア文学者）

戦前、わたしが小学生のころ、父が酒を飲んでいる場面は記憶にない。しかし、「酒は一滴も口にしない」という触れこみで母と見合結婚したのに、数日後の夕刻、「奥さん、ちょっと相談ごとがあるので、ご主人をお借りしますよ」と迎えにきた早大露文科の同僚、馬場哲哉（ペンネームは外村史郎。ロシア文学者・江川卓の父）と出かけたままいっこう帰らず、夜通しまんじりともせず待ち明かした母の前へ、べろべろに酔払って、馬場の曳く大八車で送りとどけられた武勇伝の持主だそうだから、父が飲まなかったはずはない。もっとも、わたしの小学生時代といえば、父はトルストイ全集の個人訳に没頭してほとんど書斎にこもりきりだったし、昭和十六年に戦争がはじまってからは、ロシア文学などは訳書一冊、雑文一本活字にならず、まったく無収入の状態が何年もつづいたのだから、とうてい酒など飲めなかったのかもしれない。

その反動か、戦後の出版ブームでふところ具合がよくなると、父はやたら人を集めて飲むようになった。そのころ流行しはじめた草野球がこれに拍車をかけた。その昔、新発田中学時代に硬式野球をやったことのある父は、すぐさま成人チームと少年チームを結成し、地元にリーグを作って定期戦を開始したのである。土、日の試合にそなえてウイークデイにも夕方から練習し、そのあとは補欠も含めて選手全員わが家で晩飯になった。成人チームは酒が飲み放題だった。まだ食糧事情がわるく、空き腹をかかえた者が多い時代だったから、今考えるとたいへんな道楽をしていたものである。草野球もしだいに熱が嵩じて、しまいは法政の四番で卒業後すぐに近鉄に入った遊撃手の宍戸、独特の軟投で打者を翻弄した立教の名ピッチャー藤本などまで、うちのユニホームを着るにいたった。ついでに言うなら、選手全員のユニホームから、グローブにいたるまで、すべて父が買いととのえていたのだった。今のようにテレビや新聞で有名選手の顔が毎日報じられるご時世であれば、こうした決してフェアとはいえぬチーム作りはすぐに露見したことだろう。

草野球熱が一段落すると、今度は古い友人たちを招いての酒宴がわが家を賑わすようになった。わたしもすでに東京外語に入っていたので時折りは末席に連なったが、実に楽しい席だった。日夏耿之介、竹田敏彦、新庄嘉章、大木惇夫といった先生方が主客で、まばゆい思いがしたものだ。そうした酒席で余興になると、父の十八番は影絵で、これはだれにも真似のできぬ隠し芸だった。「餌差《えさし》の宗五郎」、「利根の船頭」、「彰義隊」などいくつかレパートリイがあった。右手の折った手首に三角形の紙をのせ、親指と小指にはさんだ割箸を、鳥を刺すもち棹や、小船の櫓、槍に見立て、珍妙な口跡や唄に合わせて巧みにあやつるのだが、灯りで障子紙に映しだされる父の手が、笠をかぶった餌差や船頭に見えてきて、みごとなものだった。「餌差の宗五郎」は、「拙者は家康公お抱えの餌差の宗五郎と申す者……」にはじまる数え唄で、「四つ、夜鷹という鳥は、日さえ暮れればあっちの枝にしょんなり、こっちの枝にしょんなり、しょんなりしょんなり、しょんなりめくところを餌差がとらえて、刺してくれよとこの調子に構《かん》まえた……」というあたりになると、謹厳端正な大詩人、日夏耿之介先生も腹をかかえて大笑いなさったものだ。

自宅で晩酌をする時にはいつも日本酒で、量をすごすことはなかった。特製のまむし酒を舐めることもあった。これは池袋の西口にあった蛇屋に行って作ってもらうのである。一度わたしもついて行ったことがあるが、店の親父が生きているまむしを焼酎の中に頭から押しこみ、手練の早業で栓をする。それが間に合うか間に合わぬかという素早い勢いで、壜の中のまむしが反転、壜の口めがけて泳ぎ上がってきたので肝をつぶしたのを今でもおぼえている。決して美味いとは思わなかったけれど、何度かは味見をさせてもらった。

　晩酌でいい機嫌になると、母やわれわれ子供たちを相手の花札が開帳される。姉やわたしならともかく、まだ中学生の弟たちまで勉強を放りださせて仲間にひきずりこむのだった。

　そんな酒だから、外で飲み歩くことはほとんどなかったが、東京作家クラブの会合には喜んで出かけて行った。江戸川乱歩、白井喬二、添田知道、田辺茂一といった人たちに会うのを楽しみにしていたのである。時にはわたしもくっついてゆくことがあったが、うら若き日の佐々木久子女史が威勢のいい声を張りあげていたりして、和気あいあいとした会であった。ある時、例会のあと乱歩先生がいきなりわたしに「卓也君、今日は君が日頃行きつけの店に連れてゆけよ」と言いだした。その頃のわたしはまだ銀座のバーにかよう以前の段階で、当時はやっていた歌舞伎町あたりのアルバイト・サロンなるところがシマだった。女の子がビールを両手でお酌します、というのがキャッチ・フレーズで、しかし実はアルバイトのホステスなど一人もいない、あまり上品とは言えぬ店だったが、仕方がない、覚悟をきめて案内した。父もいっしょだった。ところが店のマスターが乱歩先生と見破ったため、わたしはいつも指名していた女に先生や父を紹介する羽目におちいってしまった。数日後わたしが一人で行くと、女がやけに改まった態度で「ご免なさい、黙っていたけれどあたしには夫も子供もいるんです」と言いだすではないか。つまり、父や乱歩先生を連れて行ったりしたので、女はてっきり、わたしが結婚の対象と考えているものと早トチリしたのである。後日その話を乱歩先生や父にして、大いに酒の肴にしたものだ。

それにしてもわたしが還暦などを迎えてしまった今、もっとしばしば父と飲んでおけばよかったと残念に思えてならない。

Ⅳ 詩人・歌人の酒

茂吉と酒——齋藤茂吉氏のこと

齋藤茂太
（精神科医・随筆家）

父茂吉は死ぬ二年前のある日、私を枕もとに呼び、俺の仕事はもう終った、最悪の場合を考えていればいいよ、と言った。その頃、時々心臓発作を起こし、また左半身不全麻痺もあったから、父一流の用心深さで、少し早めに私共に警告を発したのであろう。最後の歌集『つきかげ』に「暁の薄明に死をおもふことあり除外例なき死といへるもの」という歌がある。昭和二十五年の作である。

また「黄卵を味噌汁に入れし朝がれひあと幾とせかつづかむとする」などという歌もある。朝食の味噌汁に卵を入れるのはながが年つづいた父の習慣だったが、この方式があと幾年つづくだろうか、という晩年の感慨だ。

そして昭和二十八年二月二十五日が来る。

その頃、雪が降ると、必ず状態が悪化した。二月は父にとって好ましくない月であった。二月二十一日から二十二日にかけて大雪が降った。二十五日朝、私は講師をしていた医大へ出勤した。午前十一時に電話がかかった。父の容態急変の報せだった。すぐに帰宅したが父はすでに死んでいた。

何の苦悶もなく、呼吸もいつ停まったか分からなかったそうである。二日前に看護婦が髪とひげの手入れをしたので美しい顔をしていた。

東大にお願いした解剖結果は高度の動脈硬化症を中心とした老衰で、父は自己の肉体をとことんまで使い果して死んだのである。「子規の晩年は実にぎりぎりのところまでその生を無駄なく使った」と父は書いているが、その父自身もやはり同様であった。

七十歳九カ月であった。

ところで、父がウチで酒を飲んでいる姿を私はあまり記憶していない。お弟子さんや親しい人を呼んで、よくトロロ会などをやったが、そういうときはむろん酒がテーブルの上に置かれていた。しかし父がひとりで食事をしているときはまず酒はなかった。

父は十五歳でわが家に来て、旧制一高を卒業した時点で正式の養子になり、東大医科を卒業したあと私の母輝子と結婚している。つまり養子としての遠慮があり、酒をたしなむのも主に外でやったのも分かるような気がする。事実学生時代、よく白山の馬肉屋に立ち寄ったとか、卒業して東京府立巣鴨病院（いまの都立松沢病院の前身）で精神科を専攻している頃もよく白山あたりで「遊んだ」と同病院の医局日誌にあるから、父の酒は主として「外」で飲まれたようだ。文学仲間と会うのも、自宅よりも巣鴨病院の当直の夜を選んだ。牧水、白秋、夕暮、阿部次郎、尾山篤二郎等が巣鴨病院を訪れている。

父の肌は一種のぬめりを帯びていた。手と足にはたえずあぶらがういていた。父の体臭は極めて特徴のあるものだった。父の死後、病室には長い間、父の臭いが漂っていた。そして好んだ食べ物もまたぬめりのあるものだった。ウナギ、トロロ、ナメコ、サトイモ、ワラビ等々だった。中でも最大の好物はウナギで、ウナギを食べると、ものの数分で、樹木の緑が鮮やかにみえるなどと理くつに合わぬことを言った。山形ではウナギの蒲焼に酒をかけて食べる人が多いが、父もそのやりかたで食べることがあった。

父の大親友の一人が歌人の中村憲吉である。関東大震災のとき、ミュンヘンに留学中の父あてに当時毎日新聞記者だった憲吉は「ユア・ファミリー・フレンズ・セーフ」という電報を打ってくれた。いつか広島県布野《ふの》に憲吉未亡人を訪ねたとき、「升《ます》の井」というお酒をいただいたが、これは以前中村家が自家醸造をしていた頃は「萩の露」といったものだそうである。憲吉はいわずと知れた大酒豪であった。戦前青山の自宅にいたシゲという老女中が、憲吉先生がお泊りになったときは朝から茶碗酒を召し上った、と言っていたことを思い出した。

未亡人が酒の肴づくりの名人であることを父は半ば羨望をこめて私共に話したものだが、夫人は、酒好きのそばにいると仕方なしにこうなるのよ、と言われた。憲吉が小売りのカメの酒をしばしばコップですくって飲むので夫人が注意すると、憲吉は「わかっております」と切り口上で答え答えしたそうだ。

先年尾道で憲吉終焉（昭和九年）の家をみることができた。夫人もすでにこの世の人ではない。

人間、老年になると抑制がとれる。宿命といっていい。痴呆のきた姑はたいてい嫁を敵視する。はては嫁を泥棒扱いする。なるほど嫁は、だいじなだいじな息子を奪いとった憎い女である。ふだんは抑制がきいているから表面的には嫁とうまくやっている。それが痴呆がきて物忘れがひどくなると、嫁が部屋に入ってくる度に何かなくなると嫁を泥棒扱いにする被害妄想が出てくる。

父は晩年、私が酒を飲んでいると、だまって私の酒をとりあげて、自らの口に流しこむようになった。家内が心配して、お父さまの前では飲まないで、と言った。ウチではあまり飲まないという「抑制」がとれたのだろう。私は父に「自由」がもどってきたのだと思った。

新しいことを忘れ、古いことをよく憶えているという老化現象を神はよくぞお与え下さったものだと思う。それが周囲の者はともかく、老人にとって、それは幸福につながると思うからだ。

夫・若山牧水の酒

若山喜志子
（歌人）

「へえ、毎晩の晩酌に三本も空けるのですか、そりゃ大した酒豪ですぞ！」

私たちが結婚して間もなくの頃、私たちには未知だった或人からこんな事をつぶやかれた事があった。それは私が二十五、牧水が二十八歳の時の或日であった。

それを聞いた時私は、たった三本位の酒を飲むのがどうして酒豪などと云われるのか、さっぱり解らなかったのであるが、それが追々に解るようになって行くにつれ、次第に並々ならぬ覚悟を強いられる立場に在る自分を知る事になって行ったのである。

その頃牧水は既に

酔ひはてては世に憎きもの一もなしほとほと我もまたありやなし
たぽたぽと罇に満ちたる酒は鳴るさびしきこころうちつれて鳴る
酒のめば心和みて涙のみ哀しく頰を流るるは何ぞ
いざいざと友に盃すすめつつ泣かま欲しかり酔はむぞ今夜
病む母を目とじ思へば傍らの夕べの膳に酒の匂へる
あめつちに独り生きたる豊かなる心となりて挙ぐる盃
男なれば年二十五の若ければあるほどの憂皆来よと思ふ

などと云う部類の歌が公表されていて世間の注目を浴びており私も読んでいた。そして読みながら私はそうした歌の蔭に長く尾を曳いている作者の深刻な孤独感、と云うか純情の底に根をおろした温い人間愛の叫び、とでも云ったものの揺曳している点に深く打たれ、其処に牧水と云う人の真価の潜んでいるのを認め得た思いがしてますます悲壮な覚悟を固める事になったのであった。

牧水がまだ若かった頃、一しきりひどく欲しがったものに、小さい懐中鏡と、外国製の葉巻莨《たばこ》があった。それともう一つ財布の中に何時も紫色の新しい五円札を、たとえ一枚でもいいから入れておくようにしたいものだ。と云うことを何かにつけて口にしたものであった。

それにはいずれも尤な理由があってのことで、懐中鏡の欲しかったのは平生感情の動揺のはげしい自分の貌を、随時に見て見たい欲求からであって、そのことは彼の歌に

かかる時ふところ鏡恋しけれ葉の散る木の間わが顔を見む

と云う一首のある事でも察しられる。また葉巻の莨は、勿論喫うのを愉しむためでもあったろうが、あの好ましい匂いを嗅ぐと、乾いた落葉の匂いに包まれた冬の日向の丘などが連想されるからの事でもあったらしい。それからもう一つの財布の中の五円札であるが、これには実にその当時の窮迫した彼の切実な声を身近に聞くかの思いがされて、今となっては一層涙の沁みとおる思いがされてならないのである。

牧水と云う人は無類の酒好きで、歿後になっては酒聖とまで称ばれる程に一生酒を愛した人であったが、半面ではまたその酒を畏れる念も人一倍深い人ではなかったろうか。そしてその畏れの心が彼にいつもつつましい酒の歌を詠ませたのではなかったろうか、

その辺の消息を語るのもこの場合意義ある事とは思いながら、何分にも今の私には荷が勝ち過ぎて思うように筆の進まないのを残念に思う。それで残り少ない行数ながら、それの許される範囲内で、これまで余り世に知られていない彼の酒の歌を以下に抜抄して、折角の責を果させて頂くことにしたいと思う。

かんがへて飲みはじめたる一合の二合の酒の夏のゆうぐれ
秋風や日本の国の稲の穂の酒の味はひ日にまさり来れ
酒無しに今日は暮るるか二階より仰げば空をゆく鴉あり
いつしらず酒のまわりてへらへらと我にもあらず笑うなりけり
わが顔は酒にくずれつ友の顔は神経質にくずれいにけり
それほどにうまきかと人の問ひたらば何と答へむこの酒の味
時をおき老木のしづく落つるごと静けき酒は朝にこそあれ
夜為事のあとを労れて飲む酒のつくづくうまし眠りつつ飲む
たえかねて取り出だしたる酒の瓶いまだ飲まねば口もとに満てり
人の生にたのしみ多し然れども酒なしにして何のたのしみ
寂しみて生けるいのちの唯一つの道づれとこそ酒を思ふに

てつびんの縁に枕しねむたげに徳利かたむくいざ我れも寝む

笹の葉の葉ずえの露と畏みてかなしみすするこのうま酒を

父・北原白秋の酒

北原隆太郎
（禅哲学者）

酒は百薬の長という。祖父・長太郎は朝昼晩と酒を嗜んで、しかも九十三歳の長寿を完うした。但し、節度を重んじた祖父は几帳面にも、一回一合ほどで盃を伏せたけれども。

父の次弟でアルス社長だった故鉄雄叔父は鉄色に日焼けして逞ましく、不撓不屈《ふとうふくつ》な意志の持主だったが、「やっ！」と掛け声して、人に盃を突き出し、棒喝一時に行ずる勢をなし、早く酔い潰れては寝入った。浮沈啻《ただ》ならぬ出版界の荒波を乗り切るには、こうした直線的な激しさも必要だったのかも知れない。

それに較べると、父の飲みっぷりには、悠々と一円相を画するような風雅の趣きがあった。故白山春邦画伯と盃を重ねる時など、なおさらである。芸術の一道に徹する士には、和敬清寂の心を体得し、それが平常心となっている人が多い。「露、苺苔《あい》に点じて風未だ生ぜず」で、滅多に暴風雨には転じない。

父も五十七年の生涯で、時と所によりさまざまの飲み方もしたであろうが、小田原の山荘に住んでいた頃には、「日光」同人の親しい歌友が訪れると、竹林や蜜柑山へ案内し、時には塔の沢あたりまで散策して、林間に紅葉を焚いて酒を温めたりもしたらしい。大森馬込にいた頃、酔った勢いで、電柱に貼られた俗悪なポスターを憤慨して破いて廻り、ために交番で一夜を明かした事もある。祖師ケ谷大蔵にいた頃、酔って帰宅した父が五色の紙テープを座敷中に張りめぐらした事もあって、その稚気には小学生の私の方が呆れた。泥酔して遅く帰り、母を苛めた事もあったが、晩年は糖尿のせいもあり、さして飲まなかった。

父は酒仙でもなく、巷間伝えられるほどのバッカスでもなかった。幼少期を過した筑後柳河沖ノ端の生家が、その没落するまでは酒造りを営んでいたので、父にとっては生来、喫酒はごく自然なことではあった。今でも、父の異母姉・加代の嫁いだ江崎家は、柳河に近い瀬高町で「菊美人」など豊醇な銘酒を醸造している。その幾棟もの酒倉は詩集『思ひ出』の「酒のかび」という詩を偲ばせる。

酒を讃える詩歌も父には多い。けれども、家庭で晩酌をするといった習慣は全然、無かった。古来、「酒は知己に遇って飲み、詩は会人に向って吟ず」という。父の酒はもっぱら酒宴の和気靄々たる雰囲気を楽しむとか、知友門弟と交歓するとか、旅先きで歓迎陣と和光同塵するとかが主であった。本格の詩歌の制作に熱中している間は、一週間も徹夜を続けても、一滴も口にしなかった。詩作には明鏡のように研ぎ澄ました微妙な心頭の調律を要するから、詩に酒の余勢を駆ることは断じて慎しまねばならぬと、語っていた。旅先きでの即興的戯歌の類は別として、酔余の作品というものは無い。詩歌をそれほど大切に考えていた。刀工が精進潔斎し、彫刻師が一刀三礼し、満酌の般若湯をも辞さない禅僧が坐禅とそれとは混同せぬように、詩作と酒興とを峻別するけじめは厳しかった。戒律としてでなく、おのずから、そうなった。父にあっては万事が淡々と水の流れるように自然だった。「言葉は存在の住み家である」と西欧の哲人もいうが、一音の言葉にも宇宙を感じた父にとって、言葉の深奥なる玄旨に参ずる時節には、全心全霊を挙げての純一な没入あるのみだった。父が思うさま酒を楽しんだのはその三昧から出、仕事が一段落して解放された時である。燃焼し切った詩精神の極度の緊張をほぐすという為でもあったろう。

父は酔余に伊那節を唄ったり、ざるを持って安来節を踊ったりした事もある。父が歌うと、音痴ではないが、音階がずれて、個性的すぎて、無声の言葉の調律と声楽の才とではまるで別物であることを証明した。対面している人の似顔を筆で色紙にサッと描くこともあったが、電光石火の素速さで、一気呵成に相手の特徴の核心だけを描破し去った。

興ずると、「線香花火」という独自の踊りをやった。マッチを擦って点火する真似を誰かにして貰い、おもむろに「しゅっ」と一隻手を出す。ついで「しゅっ、しゅっ、しゅっ、しゅっ」と両掌を交互に突き出して火花の飛び散るさまをし、加速度的にその勢いを速めて、活発発地の火花三昧と成り切り、やがて「しゅうっ」と一声を残してその火花も歇《や》んで、まん丸い火の玉となり、それがポロリと地に落ちるように、ゴロンと倒れる。如何にも真に迫り、線香花火のそのもの自体がそこに現成した。何か象徴的な寸劇であった。

「蠅踊り」もやった。四つん匍いに蹲《かが》みこんで一匹の蠅と化し、蠅が手を擦り足を擦るさまを、実にリアルに演ずる。さすがに平生、昆虫の生態なども仔細に観察していただけある。私達幼い兄妹は笑い転げた。父のそういう戯れには生き物への限りない愛情が感ぜられた。ファーブルを愛読し、雀を観れば雀と成り、ねずみの騒ぐのを聞けば自らをねずみの親かとも実感しえた父であった。「兎の電報、えっささっさ」という時には、父は一匹の兎となって躍り出し、「からたちの花が咲いたよ」という時には、父自身がからたちの白い白い花となってそこに咲いていると思う。

「さけば」の詩人——萩原朔太郎さんの思い出

伊藤信吉
（詩人）

戦前のいつごろだったか、たぶん昭和十年あたりに、NHKだかレコード会社だかが、高村光太郎、萩原朔太郎、室生犀生の自作詩朗読を録音した。三人とも朗読はお上手でなかった。しかし萩原さんの場合、このレコードだけが在りし日の〈声の遺品〉なのだ。各人の自選作三篇のうち、萩原さんの「乃木坂倶楽部」中に、

いかなれば追はるる如く
歳暮の忙がしき街を憂ひ迷ひて
昼もなお酒場の椅子に酔はむとするぞ

という三行がある。私がこれを聴いたのは戦後になってで、はじめてのとき「おや？」と思った。「酒場」が「さけば」ときこえたからである。その後も、朗読がそこへ差しかかると耳をすまして聴くことにしているが、やはり、まちがいなく「さけば」ときこえる。妙だ。録音ということで緊張して言い誤ったのか、それとも萩原さんは普通「さけば」と発音していたのだろうか。

昭和六年三月発表だったこの詩は、昭和四年師走の自分を語ったものである。その年の秋に夫人と離別した萩原さんは、年末の四十日間くらいを、赤坂区檜町のアパート乃木坂倶楽部に仮寓した。「さけば」の椅子に酔うしか慰めのない日々だった。これと一緒に発表した「珈琲店酔月」に、「女等群がりて卓を囲み／我れの酔態を見て憫みしが／たちまち罵りて財布を奪ひ／残りなく銭《ぜに》を数えて盗み去れり」という、酒場での酔態描写がある。ここに言う珈琲店は女給さんの居る店のこと。どろどろ酔いの詩人の有金《ありがね》を数えて、残りなく飲ませ、残りなく飲んでしまったのだろう。乱酔である。

暗い酒にこだわるかのようだが、そのころのある夜の詩人の姿を、古い知友の版画家恩地孝四郎さんが「新宿の駅のガードで見かけた彼である。既に酔ひよろめいて、鈍った酔眼の彼である。髪の毛も乱れ、老ひて酔ひて、夜の地下道をゆく彼」と描いている。

老いてと言ったって、昭和五、六年のこの詩人はまだ四十五、六歳だ。これらはすべて家庭崩壊による人生陥没期のことであった。そのような萩原さんの酔態を、小説や回想で室生さんがさまざまに語っている。

酒談義というものがある。萩原さんにもそういう種類の何篇かがあって、内容はおおよそ二つに分れる。一つは理論的談義といった形式の、次のような酒の〈哲学的考察〉である。

「酒は人間と同じやうに、醜悪で動物的である。酒は人間と同じやうに、無邪気で天真爛漫である。すべてに於て『酒は人間そのものに外ならぬ』（ボードレエル）それ故にこそ、人間性の本然を嫌ふ基督教が、酒を悪魔の贈物だと言ふのである」（「酒と人間性」）

これは昭和十五年刊行のアフォリズム集『港にて』の一篇。これに「酔漢と猫」「酒と宗教」「酒と宗教裁判」「基督教の恐怖観念」「酒と風紀」「酔漢の今昔」「酩酊と夢中飛行」「飲酒のヂレンマ」「酒飲みの哀愁感《ペーソス》」などの数篇がつづく。萩原さんは詩人であり、独特の思考形態のエッセイストだった。酒についてこんな哲学を述べた詩人はあまりないだろう。

これとほぼ対照的に、酒の日常的、生活的談義が幾つかある。その一篇の「酒に就いて」で、萩原さんは酒は人生最上のものであり、酒は、

「疑ひもなく有益であり、如何なる他の医薬にもまさつて、私の健康を助けてくれた。私がもし酒を飲まなかつたら、多分おそらく三十歳以前に死んだであらう」

と言った。わかい日の自分は病的な強迫観念に悩まされており、酒によって精神の危機を救われた、と言うのである。いささか誇張に過ぎようが、まんざらの嘘でもないだろう。

実を言うと、私は萩原さんと二人でお酒を飲んだことがない。一緒に飲んだのは紅茶やコーヒーの類だ。飲み相手として失格と思っていたらしく、飲もうと誘ってくれたことがない。いや、私が大森の室生邸の留守番をしていたとき、銀座へ行こうと言ってくれたのを私は断った。お陰で萩原さんの酔態を見ずに済んだが、たとえば三好達治さんは「さけば」で萩原さんが、女の人の手に触れたりすると「先生、何です」と、こわい声を出したらしい。そういう意味のことを萩原さんが書いている。三好さんも実に酒好きだった。

飲みに誘われなかったヒガミからか、萩原さんの詩・短歌の中の酒と酒の思いが私の眼につく。

場末なる酒屋の窓に身をよせて悲しき秋の夕雲を見る

酒のめば亀の子のごと頸ふりてわからぬことを唄ふたのしさ
居酒屋のまへにとまりてふところの銭をかぞふることが楽しき
新宿のかの居酒屋の小娘とものの言ふほどに成りにけるかな
居酒屋の樽に腰かけ焼酎を飲み習はすもいたましきかな
欄によりて酒をふくめば盃の底にも秋のうれひただよふ
酒を飲むその時の外の我を見れば生きてあるごとし死にてあるごとし

萩原さんが短歌に情熱をかたむけたのは十八歳から二十八歳ごろまでで、ここにみた酒歌もすべて同時期の作である。短歌としての出来栄えが上質であるかどうかは別として、これらの短歌には酒による青春の記録という意味もある。こうしてみると萩原さんの酒にかかわる作品は青春時の短歌と、四十五、六歳ころからの詩ということが分る。その間はずいぶん飲んだだろうに酒の作品は無い。

ここで私は「萩原さん」という言い方をしたが、今では、もはやこういう言い方をするのは私のほか数人に過ぎないだろう。来年（一九九二年）五月が没後満五十年なのである。

中原中也の酒

大岡昇平
（作家）

僕が中原にはじめて会ったのは、昭和三年の二月か三月だから、三十年以上前になる。僕は成城高校の二年の三学期、今の勘定で行くと、十八歳の終り頃、中原は二十歳の終りだった。

二人共もう酒を飲みはじめていたが、中原は酒はまあ味噌っかすに近かった。一合ぐらいで、あの小さな体にアルコールが行きわたって来るのが、透けて見えるような工合だった。色はまあ白い方だし、薄い皮膚がすぐ桜色に染まって行く、と書くとひどくいい男みたいな描写になるが、眼はとっくに据わってるし、口から悪口雑言が出はじめているので、全然女にもてる酒じゃなかった。

こっちはなるべく逆らわないようにしてながら、飲むほかはない。おでん屋なら、となりのテーブルの見も知らぬ強そうなのに、喧嘩を吹っかけないように、気を配っていなければならないので、結局安原喜弘のような大人しい献身的な男でなければ、交際《つきあ》い切れたものではなかった。

当時僕たちには、小林秀雄、青山二郎、永井龍男なんて先輩があり、みんな酒が強い盛りで、議論で徹夜するのも始終だったが、そんな時、中原は一番先にわけがわからなくなってしまうので、始末に困る男だった。自然わめいてる中原を撒いて、いつかほかで飲み直すことになり勝ちである。

中原はのけ者にされたように、思い、神経衰弱になったりしたが、考えてみると、それもこれも万事酒のなせるわざかも知れないのである。

表面の中原は彼自身の生活する通りのおとなしい男で、おかずにミツバのおしたしだけでたくさん、と言ったたちの男だった。二人きりでいれば、決して喧嘩にはならない。ところがこれに酒が入ると、誰それのとこへ行こうということになり、酒が進むと、僕を味方にその誰それさんに突っかかったり、或いは誰それさんの手前、僕をののしるという工合になるのである。

詩は夜中に気が向いた時、書くんで、あとはひまを持て余しているのである。彼はごく若い時、この世界のいわば絶対ともいうべきものを見てしまった奴で、考えは死ぬまでかわるはずはなかった。

彼の歌はその絶対的なものが、世に容れられないなげきであり、またつまらぬ気苦労をしないですんだむかしへの郷愁でもあった。

酒はたしかにわれわれとの交際上飲んでいたにちがいない。もっともそう言えば、僕だって同じことかもしれないので、酒は大人の世界に入る儀式みたいなものだった。

少しあとで飲み出した河上徹太郎と、まだ出雲橋の下に水が流れ、船虫がはい上がって来た頃の「はせ川」で、夕方四時頃から飲みはじめ、川向うの家の窓で、干した洗濯物にあたった陽が、だんだんうすれて来るのを眺めながら、

「酒を飲むと、世の中がきれいに見えて来るなあ」

なんて、幼稚なことを云ってた記憶がある。こういうのんびりした経験は中原にはない。

御機嫌のいい時で、
おお、いにし春よ
百鳥の、うた声、去り

なんて、マスネーのエレジーを、薄ぎたない百軒店のバーで、顔をひんまげて怒鳴ってる中原である。

あとは、ことごとく、これ従順である。僕もあまりいい酒ではなく、年に二、三回はわからなくなることがあり、そういう時はきまって誰かとなぐり合いをやっていた。それがなくなったのは、戦争から帰ってからである。

それにしても河上徹太郎と吉田健一は、いつまでもよく飲んでいる。はじめたのは、僕より四、五年あとだろうが、こっちはとっくに十両へ陥落しちゃってるのに、依然三役を張ってるのはえらい。不思議である。

中原は生きてても、もはや幕下であろう。幕内にがんばってたら、酒に命を取られちゃってる。

太陽の哀しみを……――草野心平氏の思い出

吉原幸子
（詩人）

指折り数えてみると、心平さん五十九歳、私の方は一歳の子を引きとって離婚したての三十歳の夏。それが私にとって歴史的な初対面の時である。高校時代の恩師・那珂太郎氏が私を『歴程』グループの同人に推してくださるというので、師に連れられてある日の午後、国立の心平宅に伺った。

まず、広口瓶から汲み出して、甘くない梅酒のようなものをすすめられる。おいしい。「これはね、〝シンフォニー〟っていう酒。焼酎に桃の種からリンゴの皮から、何でも果物の切れっ端を放り込んでおくと、交響楽みたいに渾然となっちゃうんだよ」と、命名の名人は得意気に、どんどん注いでくださる。那珂さんは下戸なので、一杯目を時々ナメるだけ。やがて、持っていった詩の数篇を黙って読んでくださった心平さんは、その内容には触れず、こう訊かれた。「キミはどうして詩を書きたいの？」

その時の自分の間抜けな答えと、まるで彼独特の〝洗礼〟のようにちょっとカランでお説教をされた言葉は、ありありと覚えている。「あの……何ていうか……つまり哀しいから書くんです」「カナしい？　キミみたいに自分の好きな生き方をできる、まだ若い人間がカナしいって？　生意気言うな！　毎朝眠いのにいやいや起きて牛乳を配達しなきゃならない少年の方が、キミよりよっぽどカナしいんだ！」「だいたい、月の青白い哀しみなんか書いていちゃいけない。月よりも太陽がよっぽど哀しい。太陽の哀しみを歌わなくちゃならないんだよ、我々は」

苦労の足りない娘っ子は、急に文学論になってしまった心平さんの言葉を、それでも何となく理解できたように思った。そのあとすっかり優しい兄貴分に戻って（注・彼はセンセイと呼ばれることを原則として拒む）、駅前の屋台の焼鳥屋とおでん屋をハシゴして連れ歩いてくださった。その間の会話はもうほとんど覚えていない。那珂さんはジュース飲みながら二人の酔っぱらいに最後まで付き合い、特にひどい方の女《め》トラを終電に乗せて、送ってくださった。

そんなことがあったから言うわけでもないけれど、心平さんがケンカを吹っかけるのはむしろ相手に一目置いているような場合もあって、本当に気持が通じない相手と思えば口をへの字に閉ざしてしまうのだ。彼の数え切れない武勇伝の中で私の好きな一つは、高村光太郎にも援助されてようやく焼鳥の屋台を曳き始めたという時期のこと。自信のあるたれの味を「うまくない」と言ったお客がいた。その客が勘定を払い「釣はいらねえ」と小銭を置いて行った時、心平さんはお釣をひっつかむとすごい勢いで後を追い、叩き返してきたのだという。こうなるとケンカというより、駄々っ子のようにも見える。

　私は居酒屋「火の車」の頃は知らないが、バー「学校」では経営者の立場を離れて、ママを手こずらせているお客代表のような心平さんを時折見かけた。ともかく、胃潰瘍で何回も入院している人なのに、同人が見舞に行く時ついウイスキーの瓶を持って行った、というぐらいの強者である。ご機嫌になるまで飲んで、「歌おう！」と盛り上がるのはいいが、「誰くん、例のやつ」と注文、ご指名、即座にそれを歌い出さないと、シブイ顔――どころか怒りだすのだ。「何だキミは。この前は頼まれもしないで何曲も歌ってたのに、今日は頼まれても歌えないのか。そうか、もう頼まない！」。まるでヤンチャ坊やだ。皆が彼をあやすように、あわてて要求に従う。するともうケロリと幸せになって、顔いっぱいに笑みを浮かべて、ラ・マルセイエーズやベートーヴェンの「歓喜のうた」を声を合わせて歌っているのだ。彼には、どんなにワガママを言っても許されてしまう天衣無縫と、愛しい存在を両腕いっぱいに抱え込む抱擁力とが、裸のまま混在していた。しかも最初の日に私が浴びた如く、酔ってなお舌峰は鋭い。

ある時は、同人の新藤涼子が口惜し涙を流し、地団駄を踏んで叫んでいる。「これだってスタイルですよ！　ファッションじゃありませんよ！」——その日、心平さんは旧制高校生のような紺のマントを、新藤さんは霜降りの長いマントを、偶然、二人が揃って着ていた。心平さんは涼子さんをこう言っていじめたのだ。

「詩でもそうだが、自分のスタイルを持つことは大事、しかし
はやりに沿うのは軽薄なことだよ。だからね、たとえばぼくのこのマントはスタイル、きみのそのマントはファッションだっていうこと」。なるほど、これまた詩論なのだ。それがどういうわけか、子供のケンカのように見えて、女の子？　を口惜しがらせた男の子は、鼻の穴をふくらませて嬉しがっている……。

お元気だった頃の面影ばかりが見えてしまうが、出会いから二十六年後、一昨年の十一月十二日に急逝されたのは、同人の山本太郎さんを喪った直後でもあり、大きな衝撃だった。私の伺えなかったお通夜の日、大きな蛙が現われて祭壇の方へ挨拶に歩み寄ったとの噂に、さもありなん、と微笑むだけの余裕をとり戻したのは、やっとこの頃。告別式で遺影に話しかけるお役目をいただいた日は、あなたの晩年の、あのシンプル極ま

りない短詩がずっと心に反響《エコー》して私を泣かせていたのですよ、心平さん。

　婆さん蛙ミミミの挨拶
地球さま。
永いことお世話さまでした。
さやうならで御座います。
ありがたう御座いました。
さやうならで御座います。
さやうなら。

　そして私は今ごろになって気づく。この詩の中にある大らかさと受容、たしかにこれこそが〝太陽の哀しみ〟なのだった、と。

西脇順三郎さんの酒

佐藤　朔
（フランス文学者）

　西脇順三郎氏は、僕の友ではない、先生である。芸術院会員で、文学博士で、当代一流の大詩人である。西脇さんとの交際は長いが、学生時代は僕が酒を飲まなかったので酒をはさんでの先生との記憶はあまりない。先生は酒を飲めない者にむりにすすめることはしないので、番茶かコーヒーで何時間も話し相手になってくれたのである。今から考えるとお酒の好きな西脇さんには難行苦行ではなかったのかと思う。僕は酒についてはおくてで、配給酒で味を覚えたのだから、舌の方は今でもあやしい。この頃はビールかウィスキーばかりだが、いずれにしても話し相手がおもしろくないと困るという書生っぽいところが残っている。配給酒時代は、青柳瑞穂君と時たま飲んだが、こちらはチビチビ、相手はぐいぐいで、骨董の講義を聞いたり、フランスの詩の話をしたりした。それも、どちらかの家だったり新宿のカストリ横丁だったりした。ショウチュウなるものを飲んだのもその頃で、学生たちとのコンパで、彼らががぶがぶ飲んで、どでんと引繰り返えるのには、驚きもし、その若さとエネルギーを羨望したものである。西脇さんにも書生っぽらしいところが残っており、話七分酒三分の雰囲気が好きらしい。三人集まっていても二十人いても同じことで話題はいつも先生中心であり、独演会かシンポジュウムみたいなものである。話題の多くは高級な詩論で、東西古今の詩人が話題になることは、今もむかしも変りがない。この夏、西脇さんは、ボードレールに憑かれて、二カ月ぐらいのあいだ会えば必ずこの詩人の話になった。先生のお宅で、二時ごろからボードレールの話になり（スコッチの水割り）五時から渋谷の小料理屋（日本酒忠勇）さらに十時ごろからバー（サントリー水割り）で十二時近くまで、えんえんとしてボードレールの話がつづいた。こちらから講釈めいたことを申上げることもあるが、大抵は先生の方が「……はすばらしい」とか、「……もすばらしい」とか、すばらしいの連発で、口をはさむ余地は全くない。そのうちに睡げな顔で、沈黙がちになり、さてご帰館となって、「まあ、寄って来給え」の言葉に釣られると、お宅でまた何時間はボードレールはすばらしい、ということ、必定なので失礼した。西脇さんは、詩の話が大好きであり、この話になったら無限無尽で、いくら長時間でも、連続講演をすることは平気だが、これが先生の一番の健康法だと思う。しかし、詩の話だけではない。植物、雑草の話も無尽蔵で、いろいろな路の草、山の樹のことを、知っていること、知っていること、こちらはその方面のことには全く暗いので、先生の長広舌を、さながら先生の詩の朗読のように聞いているだけである。その間、お銚子なら二本、水割りなら二杯。時間は四時間ぐらい。

ところが、まだある。女の話である。これまた先生得意の演題で、神話のごとく、詩論のごとく、人生観、世界観のごとく、女性論、おんなの話、雌のことなどをえんえんとし、男女関係、恋愛、性欲など、あらゆる女に関する話が出てくるが、ふしぎなことに先生のおんなの話は、少しも色っぽくない。現実の「すばらしい女」も、東西の美術史上の「すばらしい女」の絵画、彫刻と同じ水準に置かれているからである。そこでお銚子二本、水割り二杯で四、五時間は、あっと終ってしまうか、それ以上に一本、一杯と量がふえて行くと、西脇さんは変ってくる。椅子席でもお座敷でも、立ち上って、そこいらを歩き回り「僕の好きな歌は《都の西北》《黒田節》それと《王将》だ。さ、歌い給え」ということになる。なぜこの三つの歌を先生が特に愛するかというと、どれもすばらしくセンチメンタルな歌だからなのである。それから、酔が適当に発してくると、先生は、色紙や半紙に女の子の肖像を描き初める。それが素人ばなれした、なかなかいい顔である。「どうだマチスよりいいだろう」とこの自画自賛である。東京のあちこちに、このニシワキ・マチスの肖像画は千枚以上もあるのではないかと想像している。

V 剣豪作家・推理作家の酒

長谷川伸と酒

村上元三
（作家）

戦前、戦中、戦後を通じての長い年月のあいだ、長谷川伸先生がお酒を飲まれたのを、一度も見たことはない。

若いころは、つきあいでお酒を飲んだこともあるようだが、少しも酔わないので、やめてしまった、と聞いたことがある。その酒も、指先が少しべとつくようなのが好きだったが、そういう酒がなくなったせいもある、と話しておられた。

酒飲みとして、それはどの程度の酒徒に属するのか、わたしにはわからない。とにかく、先生とさしでお酒を飲んだことはないのだから。

それでいて、酒席が嫌い、というのではなかった。なにしろ長谷川門下には、山岡荘

八、山手樹一郎を筆頭に、酒飲みが揃っていたし、わたしたちが酒を飲んで唄ったり踊ったりするのを、黙って眺めておられた。内心では、どう思っておられたかわからない。みんなが機嫌よく飲んで遊んでいるのだから、という気持だったのだろう。

わたしたちも、酒の上で喧嘩など起さないようにしていた。申し合せてのことではない。酒は楽しく飲むものだ、とみんな同じ考えであった。

一度だけ、それもたった一度だが、毎年の元旦、恒例の長谷川邸で行われる宴会の席上、先生に叱られたことがある。

酒の上のことだから、つまらない言い合いが原因で、喧嘩が起った。一人が立ちあがって、お膳を乗り越えてきたので、先生のとなりに坐っていたわたしが、双方をなだめて押えた。そのとたんに、はなれたところにいたほかの二人が、小突き合いをして、うしろにひっくり返り、障子を破って、桟《さん》をこわした。とたんに、先生が立ちあがった。

「なにをしてやがるんだ、手前たち。だらしのねえ、さっさと帰れ」

先生の口から、威勢のいい啖呵が飛び出した。あとにも先にも、あんな歯切れのいい啖呵を聞いたのは初めてなので、座にいた一同はぴたりと静かになった。

そのまま先生は、廊下へ出て、二階の書斎にあがってしまった。

あとはお通夜のように、みんな黙りこんでいたが、三十分ほどして、先生は二階からおりてくると、静かに言われた。

「いまは大きな声を出して、すまなかった」

それから、またみんなのあいだで酒がまわったが、もうおとなしくなってしまい、さわぐ者もいない。

おとなしくお開きになったが、おさまらないのはわたしで、みんなに八つ当りをした。

「おやじの前で喧嘩をするとは情ない、こんな正月は初めてだ」

そのままわたしは、何人かを誘い、なじみの料理屋へ行って、また酒になった。その晩もあくる日も、酒びたりだったのだから、わたしの酒も賞められたものではない。

拙宅へ年賀にきた客を、次から次へとその料理屋へ呼びよせ、飲み続けになっているうち、三日目の夕方だったろうか、噂を聞いた岩田専太郎画伯がその料理屋へやってきた。

「元ちゃん、もう気が済《す》んだろう」

そう言われて、やっとわたしは腰をあげた。誰かがなだめてくれないと、腹の虫がおさまらなかったのであった。

先生の前で喧嘩を起した二組四人とも、もうこの世にはいない。

破れた障子と桟は、当分そのままであった。それを眼にするごとに、先生の怒った声が聞える、と破いた当人たちは言っていた。

わたしが料理屋で三日も飲み続けたのは、すぐ先生の耳へ入り、こう言われた。

「高いものについたな」

もともと酒の上で喧嘩をするのは、男らしくない、と思っていたわたしだが、あのときの先生の唉呵は、いつまでも耳に残った。

あんな美事な、歯切れのいい啖呵は、舞台の役者からも聞いたことはない。

横浜で新聞記者をしておられた時代、先生はハマの愚連隊を対手に、喧嘩をしたことがあるようだが、ああいう啖呵は、そのころ身についたものだろう。

先生の青年時代、横浜でぐれそうになったころ、それを押えたのは自制心だ、とご自分の半自叙伝に書いておられた。

指が長かったのは、わたしたちも見ている。若いころ、横浜の巾着切の親分から見こまれ、乾分《こぶん》にならねえか、と誘われたのは、長い指が、掏摸《すり》に向いている、と思われたかららしい。掏摸にならなかったかわり、先生は横浜で掏摸と知合いになり、それが作家になってから『掏摸の家』『船来巾着切』などを生む素地を作った。

長谷川伸の身体には、花札が散らし彫りになっているが、青丹が一枚だけ見えない。それは足の裏に彫ってある、というゴシップを書かれたことがある。青丹を青い痰に引つかけたうまいしゃれだが、本当にしていた人も多い。足の裏は、痛くて彫青《ほりもの》などは出来っこない。

戦争中、従軍をしているあいだ、便乗した駆逐艦の艦長から、先生の彫青のことを訊かれた。わたしも先生の裸を見ているが、彫青なんかありませんよ、と答えると、その艦長は残念そうな顔をした。

故江戸川乱歩先生を偲ぶ

山村正夫（作家）

江戸川乱歩先生が昭和四十年に享年七十歳で亡くなられてから、もう二十年余りの歳月が経つ。私が生前の先生と親しく接したのは、晩年の十数年間だった。その間の思い出でいまなお記憶に残っているのは、先生に伴われて方々を飲み歩いた頃のさまざまなエピソードである。昭和二十六、七年から三十年はじめにかけての話で、当時の乱歩先生はまだ五十代のお年だったにもかかわらず、既に推理文壇の大御所と呼ばれていた。それに反して私の方は処女作を発表してまもなく、二十代前半の文字通り駆け出し作家の時分だった。

戦前の乱歩先生といえば、極度の人間嫌いで有名だったそうだが、戦後、自ら陣頭に立ってミステリイの復興に尽力され、探偵作家クラブの初代の会長に就任されてからは、別人のように社交家になられていた。外で飲まれるときも、常に若手作家の何人かに誘いをかけられて銀座や新宿に繰り出されていた。私もそうしたきっかけで、先生のお供をするようになった一人といっていい。

あの頃の銀座の文壇バーは、「おそめ」と「エスポワール」の全盛期で、ほかに中村勘三郎夫人がママをしていた「うさぎ」や坂口安吾夫人の「クラクラ」など。新宿では駅の西口の「和」や「ぷろいせん」が先生の行きつけの店だった。先生と飲むときは、いつも一軒だけではすまなかった。最初が銀座、次が新宿で、最後は、売春禁止法が施行される以前の花園町の青線街（現在のゴールデン街）へと梯子をするのがコースになっていた。

こう書くと、先生がいかにも酒豪のように聞えるかもしれないが、そうではない。一軒の店でせいぜい水割り一、二杯程度。つまりムード派の方なので、腰を落ち着けるということがなく、すぐに飽きてしまわれるのだ。

最後に新宿花園町の青線街に立ち寄るのは、その一画に推理作家の朝山蜻一《せいいち》氏が住んでいたからだった。氏の馴染みの店へ案内してもらうのである。青線は赤線とは違い、階下がいちおうスタンド・バー形式になっていて、階上に女たちの部屋があり、そこが客の男たちと寝る部屋になっていた。とはいえ、我々の場合は、別にいかがわしい目的があってのことではなかった。部屋の一つを借りきり、女たちを交えて酒を飲むのが楽しかったせいにほかならない。乱歩先生は銀座や新宿の高級バーよりも、そうした頽廃的なムードのある店の方を、より愛されていたようだった。

それにしても、先生のお供をするときは、梯子酒が、毎度深夜にまで及んだ。飲み疲れて参るのは私たちの方だったが、途中で帰ろうとすると先生は寂しそうな顔をされた。それでいて午前四時になると、先生の方がきまってソワソワと腰を上げられるのが常だった。

そのような乱歩先生とのお付き合いの中で、忘れることのできない鮮烈な思い出が一つあるのだ。

あれは角田喜久雄先生が日本将棋連盟から四段位を授与され、そのお祝いの将棋会が新宿のF会館で催された日のことである。会が終った後、乱歩先生に誘われて『和』へ立ち寄った。同行したのは角田先生と高柳敏夫八段、それに私の四人連れだった。ひとしきり飲んでいるところへ、紀伊國屋書店社長の故田辺茂一氏がふらりと現れ、耳よりな情報を報らせてくれた。数年前に新聞紙上を騒がせた有名な犯罪に「カービン銃事件」というのがあったが、主犯のOの愛人だったNが、番衆町の某割烹旅館の仲居として働いていて、彼女と会ってきたというのだ。Nは大変な美女で、Oが九州で逮捕されて東京へ護送されたときも、列車内に終始付き添っていて話題になった女だった。ところがそれを聞かれた先生は、

「ようし、我々もさっそくこれから会いにいこう」

と言い出されたのである。

目ざす割烹旅館に着き座敷に通されると、まもなくおかみの案内でNが入ってきたが、その日はOとの面会日だったとかで荒れていたらしい。はじめはしんみりと手拍子に合わせて「稗搗節《ひえつき》」などを歌ってくれたまではよかったが、次第に酒乱状態を呈してきた。

「わたしの気に入らないお客は、Oが刑務所を出たら仕返しさせてやるんだ」

と、目を据えて凄んだ言い方をした上、こともあろうに角田先生の新調の服に煙草の火で穴をあけてしまった。そればかりか、そのことをおかみに厳しく叱られたのが癇にでもさわったのだろう。やにわに座卓をひっくり返して、卓上のビールを乱歩先生や角田先生の膝にぶちまけるという、狼藉を演じてしまったのである。

それでも両先生は笑ってすまされていたが、一足先に角田先生が帰ろうとされると、やにわにNはむしゃぶりついて名刺を欲しいと言い、先生のオーバーのネームを見ようとした。角田先生の顔色がサッと変ったのはその瞬間で、Nの頰に思いきり平手打ちを

食わせるなり、「不愉快だ！」と吐き捨てるように言われて、さっさと席を立って帰ってしまわれた。それに反して、乱歩先生のオドオドした困惑顔といったらなかった。

「後は僕にまかせて、君たちは先に帰りたまえ」

私と高柳八段をうながされると、びしょ濡れの洋服もかまわず、泣いて暴れるNを子供をあやすようになだめにかかられた。

「いい子だ、いい子だ。さあ、機嫌を直しなさい」

日頃温厚な角田先生があんなに立腹されたのを見たのは、後にも先にもそのとき一度きりだったが、まさに対照的といっていい、乱歩先生のそんな人柄の一面を垣間見たのもはじめてだった。

私は今年で文筆歴三十七年目を迎えるが、先生の作家としての偉大な業績もさりながら、あれほど親分肌で包容力に富んだ大人物には、過去現在を通じてもまだお目にかかったことがない。夜の銀座に出て、グラスを口にしながらふと乱歩先生のことを偲ぶとき、脳裡によみがえるのは、あの新宿の割烹旅館における先生の温容なのである。私自身が当時の乱歩先生と、同じ年代にさしかかったせいもあるのだろうか。

木々高太郎氏の酒

中島河太郎
（文芸評論家）

木々高太郎氏にはもう一つの顔がある。

慶應大学医学部の教授で大脳生理学者、その国際的な業績と活動は目ざましかった。だが氏の闊達な人柄は多くの後進を育てたが、また一方では多くの敵を作った。

私は旧制中学時代に『新青年』を愛読していたが、昭和八年にデビューした小栗虫太郎に目を瞠《みは》った。その翌年に、こんどは木々高太郎が出現した。「睡り人形」、「恋慕」、「青色鞏膜《きょうまく》」、「文学少女」、「永遠の女囚」と読み続けて、そのフレッシュな文体と、人間性の秘奥を抉った作品に惹《ひ》かれた。小栗の鬼面、人を驚かす奇想よりも、木々の抒情を好もしく思った。

この奇妙なペンネームの作者の正体が、生理学者で科学随筆家の林髞《たかし》であることにも驚いたが、書きはじめて一年もすると、探偵小説芸術論を唱える鼻っ柱の強さには唖然とした。

従来の作品の非芸術性を否定し、芸術として鑑賞し得る探偵小説を身をもって試みると宣言したからである。さらに「探偵小説としての精髄に至れば至るほど、ますます芸術となり、ますます芸術小説となると考える立場を固執する」という、探偵小説最高芸術論にまで飛躍した。

私は昭和二十二年に結成された探偵作家クラブに参加して、童顔の木々さんを知った。幹事の席に連なってから、木々さんの飲みっぷりと弁舌に接した。杯などはまどろっこい、コップ酒でぐいぐいと飲んだ。若いときは一升酒だったといわれるほどで、さわやかな呑み口であった。

「われ若きを、そして情熱を好む。かかる故に、酒もまた熱きを好む」と書かれたほど、熱燗の酒が好きだった。

乱酔されたことはなく、飲むほどに弁舌もさわやかだが、その内容は一方的で独りよがりに閉口した。

昭和二十五年に木々さんは自分の推理小説芸術論に賛同する一部の作家の座談会記録

を『新青年』に発表させた。これが江戸川乱歩先生の主張にもとづく本格派を刺激して抗争がはじまった。乱歩先生はクラブの分裂を恐れて、木々さんを懐柔しなければならぬほど、一目も二目もおいていたのである。

二年ほど前から木々さんが提唱していた国際探偵クラブの設立が、いよいよ議題にのぼったのは三十五年の一月であった。乱歩先生をはじめ各作家は、木々さんの大風呂敷に圧倒されて反対しなかった。

当時、日本の作品で海外に紹介されたのは、乱歩先生の自費出版の短篇集があるだけ。日本で推理小説が読まれていることも知らない外国作家を、日本に招くことなど、私には夢としか思えなかった。極力反対したのは私と高木彬光氏だけであった。

木々さんはよほど未練があったと見えて、同志を集めて準備委員会を設置したが、無論実現するはずはなかった。お蔭でアンチ木々派の先頭に立つ者と思っていたにちがいないが、その怨みは見せられなかった。

木々さんの強引で奇を衒った議論で、世間をあっといわせたのは、頭のよくなる法と、人生二回結婚説であろう。

『頭のよくなる本』という題にも驚いたが、日本人は米をたべるから駄目だと力説されている。これは七十万部に迫るベストセラーになった。

詩の方面で木々さんに手ほどきをうけたサトウハチロー氏は、木々さんに「深酒はやめなさいよ、頭がわるくなる。それと、めしをなるべくたべないように……パンになさい、パンがいやならウドン、ウドン」と、会うたびにいわれたそうである。

ところが毎月一回集まった「随筆寄席」という座談会では、木々さんは盛んにご飯をたべた。やはりうまいものはうまいからといっていたと、渋沢秀雄氏は回想している。

慶應の推理小説の集まりのあとでも、大好きなすしをいくらもたべたので、『頭のよくなる本』の著者にしらけたという。こんなふうに言行不一致のところがいかにも木々さんらしかった。

ところが人生二度結婚論のほうは見事に実践された。男は若いうちには結婚の経験のある女性と一緒になり、齢をとってからは若い女性と再婚するのがよいという、奇抜な説を『婦人公論』に発表した。

木々さんは三十歳のとき結婚しているが、二度目の結婚披露宴を催したのは六十四歳のときだった。新婦は銀座のバーのマダムで、二人の子供を連れてきた。

万里子夫人は木々さんの逝去後、結婚して八年、お互いに不満に思ったこともあったろうが、自分と一緒だったのはしあわせであったにちがいないと強調している。

それに対して、令息、義弟、実妹たちはこぞってその非を鳴らしている。

死者に問うすべはないから判定はしかねるが、人生二度結婚説は自分の行動への弁護であって、一般を納得させる所論とも思えない。

木々さんの考えはいつも医学と文学の両方にまたがっていて、日本人ばなれのした発想の大きさが、かえって日本の土壌と合わなかったのかもしれないという気がする。

その文学を愛し、その人物に反撥を覚えた私が、氏の全集を編んだのも不思議な因縁である。

山手樹一郎の酒

村上元三（作家）

はじめて山手樹一郎といっしょに酒をのんだのは、昭和八年だったと思う。そのころ山手は、本名の井口長二で博文館の少年少女雑誌『譚海』の編輯長《へんしゅうちょう》であった。われわれ若い駈け出しの作家は、室町の博文館へ十七枚の読切短篇を持ちこみ、二階の応接間で山手編輯長に読んでもらう。ここをこう直せ、ここは要らない、と山手の細かい注文をうけ、そこで採用と決まると、すぐ階下の会計で一枚二円の原稿料を払ってくれる。

そのころのわたしは、母と妹と三人、浅草のアパートに住んで、なんとか時代小説の懸賞に入って、文筆一本で食べて行こう、と決心したばかりであった。『譚海』の原稿料は、ずいぶん暮らしを助けてもらったが、酒をのむゆとりなどなかった。

もともと酒は嫌いではなかったし、東京で文筆生活に入る前、東海道の清水で製材製函業をやっていた。自分が好んでやった仕事ではなく、父が途中で金が続かずにほうり出し、支那へ行ってしまったので、仕方がなくてあとを引きついだ。資本もなしにはじめたので、長続きするわけはないが、そのかわり酒をのむことはおぼえた。それもおでん屋や屋台でつつましいのみかたをするのではなく、材木屋仲間と静岡や清水の料理屋で、芸者を呼んで派手に盃をあげる癖がついた。

だから清水の工場が借金で倒産し、母と妹と三人、東京へ舞い戻ってきてからは、酒で憂《う》さをまぎらわせるどころではない、幸い『サンデー毎日』の懸賞小説に入ったのがきっかけで、文筆一本にしがみついて暮らすよりほかはなかった。二十四歳のときであった。『譚海』のほか、同じ博文館で出していた『新少年』にも、ほとんど毎月、原稿が売れて、ようやく生活にゆとりが出てきた。

そのころ、だれが言い出したのか忘れたが、山手編輯長を囲んで、いつも原稿を買ってもらっているお返しに、一夕みんながやろうということになった。だが、色気がなしでは興も薄い。向島の料理屋へあがって、昼間から酒をのみはじめた。

そういう酒席は、わたしには久しぶりだが、『譚海』に毎月、現代小説、時代小説、双方の畑でなじみの仲間の酒癖を、はじめて知った。

山岡荘八が、酔うにつれて大きな声になる、というのも、肝に銘じたが、さて山手樹一郎の酒はというと、これはまことに春風駘蕩《たいとう》として、まことにいい酒であった。

酔がまわってくると、山手は「五万石でも岡崎様は、お城下《しろした》まで船がつく」という、古い唄をうたいはじめた。次から次へ唄が出てくるのかと思いのほか、いつまで経っても「五万石」の繰り返しであった。

これはそのときの酒席だけではなく、山手といっしょに酒をのむ機会があると、かならず「五万石」が出た。わたしと同じで、山手はおでん屋や屋台でのむのは好きではなかった。賑やかな酒席で、大ぜいが集ってのむのが好きで、というよりも、山手とはそういう席ばかりで酒をのむ癖がついたのかも知れない。

後年、わたしは長谷川伸一門へ入ってから、山手を仲間に入れた。しかし、先生のところで新年や誕生日のお祝に大ぜいが集ったとき、山手は酒をひかえている、とわかるのみかたをしていた。先生の前で、乱れた姿を見せるのを慎しんでいたのであろう。

長谷川一門は、われわれの仲間の泉漾太郎《ようたろう》が親代々やっている塩原の温泉宿、和泉屋へときどき行って二泊、あるいは三泊している。そのとき、酒がまわってから会員に酔がまわり、長谷川先生の話などそっちのけで騒いでいると、あとで山手はそういう連中を集めて叱りつけていた。いくら酔っても、先生の話は、きちんとまじめに聴くべきだ、というのであった。

年をとってから、山手はだんだん出無精になり、ほとんど外へ出てのむということもなくなった。山岡やわたしはそれが心配で、なんとか山手を引っぱり出そう、と試みた。

そのうちに山手は、自分の主宰している文学研究の要会《かなめかい》の会員を引き連れて、旅行へ出る癖がついた。あまり旅行をしない山手のために、これは結構なことであり、大ぜいを引き連れての旅行は費用もかさむだろうし、奥さんも大へんだな、と山岡やわたしは話し合った。すでに、書くものは次から次へベストセラーになっていたし、収入も多かったろうが、出て行くものも少なくはなかったと思う。晩年になるにつれ、山手の酒は、ますます好々爺の酒になって行った。

わたしの知るかぎり、山手樹一郎の酒は、人に迷惑をかけない「いい酒」であった。

お銚子一本半――池波正太郎さんの思い出

佐藤隆介
（文筆家）

『鬼平犯科帳』を読んでも、『剣客商売』を読んでも、むろん『藤枝梅安』のどれを読んでも、酒と食いものの名場面や名台詞が次から次へと出てくる。そして主人公の飲みっぷりが、いつの場合でも、実に男らしく粋である。こういうものを書く人は余程の酒豪ないしは酒仙であるに違いない……と、勝手に思い込んでいた。一読者として。

縁あって、ちょうど十年間、池波正太郎のいわば〝通いの書生〟のようなことをさせてもらったが、その結論をいえば、池波正太郎は決して酒豪ではなかった。正確には〝斗酒なお辞せず〟型の酒豪ではなかった。

飲めばいくらでも飲める人だったかもしれないが、底無しに飲むということが（私の知る限りでは）一度もなかった。酒は好きだったが〝酔っぱらい〟も〝自分が酔っぱらうこと〟も嫌いだった。

あるとき、伊豆の大仁へ三日三晩、一緒に泊まり込んで聞書きをしたことがある。『男の作法』一冊をまとめる仕事だった。贅沢な湯宿の離れで、露天風呂がいいし、料理も悪くない。初日・二日の間は私も同行の編集者も緊張しきっていたが、どんどん仕事がはかどり、三日目の晩飯前には予定の九分九厘が済んでしまった。

さあ、これでもう出来たようなもんだ……という気分で私たちは晩飯の膳につき、今夜は思いきり飲もうとハシャイでいた。池波正太郎も不機嫌ではなかった。

「とりあえず、お酒は何本ほどお持ちいたしましょうか」と、女中が聞いた。

「きみたち、たっぷり飲んでくれよ」

と、池波先生。

「じゃ、まず十本ばかり」と、私。

「それじゃとても足りませんよ」と、編集者。

すると、池波正太郎がいった。

「おれの分は、今夜は一本半でいいぞ」

一瞬、私はわが耳を疑った。たしかに「一本半」と聞こえたが、「半」というのがあるわけはない……思わず私は先生の顔を見た。目が合った。池波正太郎はぐいと顎を引くようにしていった。

「あと、もう一仕事あるからな」

その晩のご馳走が何だったか一つも覚えていない。酒を何本飲んだのかも記憶にない。意地でお銚子五本は空けたかもしれないし、しおしおと私も二本で止めたかもしれない。ただ、あのときの顔から火が出るような思いだけは、いくら忘れようとしても忘れられないでいる。そして、池波正太郎が正確に一本半で盃を置いたことも。

池波先生が酒好きだったことは間違いない。十年の間に随分一緒に旅もし、仕事の手伝いもさせてもらい、いろいろな店で食事を共にしたが、ただの一ぺんも酒なしで飯を食ったことはない。それも、そこに「酒」がある限りは「酒」だった。上に何もつけずに「酒」といえば日本酒のことに決まっていた。私自身は一年中冷や酒専門だが、池波正太郎はつねにきちんと燗をした酒が好きだった。ステーキハウスでも「酒」。洋食屋でも「酒」。中国料理を食いに行っても「酒」だった。

鮨屋、てんぷら屋では、むろん、酒に決まっているが、「量」にうるさかった。

「鮨屋は鮨を食うところ」「てんぷら屋はてんぷらを食べるところ」という主義で、「こういうところでグズグズ酒を飲んでちゃいけない」が口ぐせだった。さっさと鮨を食べ、出されるそばからてんぷらにかぶりつき、然る後に飲むべき場所へ移ってゆっくり飲め、というわけだ。

蕎麦屋は最初から一杯やるつもりで入る。酒を飲まないぐらいなら蕎麦屋なんぞに入るなといっていた。焼海苔か焼味噌でたいてい二本。それからせいろ、または盛り。海苔のかかった「ざる」は決して食べなかった。しかし、目の前で私がざるを手繰っていても、だからといって文句をいうことはなかった。一度だけ、血相を変えんばかりにして、私にいった。

「きみ、まさか、そんなもの、つゆに入れないだろうな」

何かの取材に同行して、変哲もない巷の蕎麦屋ともいえない蕎麦屋へ入ったときだ。サービスのつもりで薬味の他に鶉玉を一個付けてきたのである。これは私も嫌いだから当然入れるつもりはなかったが、先生の語気の激しさに仰天したものだ。

映画狂でことにフランス映画を愛した池波正太郎は、フランスも好きだったが、何を隠そう「赤ワインは嫌い」だった。四回一緒にフランス旅行をしたが、初めてのときは、こちらはそんなことを知らないから、毎日毎晩赤ワインを注文してしまう。

何しろ勘定方としてたっぷり軍資金を預かっている上に、「ワインは万事きみにまかせる」と、あらかじめいわれている。私がワインに目がないことを、池波正太郎はよく知っていた。毎晩、メニュウを解読するのは死ぬ苦しみだったが、ワインリストを見るのが無上の歓びだった。端から端までとっくりと検分した上で、値段は一切気にせずに、今日はブルゴーニュ、明日はボルドー。

あんな贅沢は、もはや、夢のまた夢だ。一本空くたびにレーベルをはがしてもらい、大事にしまい込むのを、先生はいつも呆れたようにながめていた。

帰国後、初めて荏原の池波邸を訪ねたとき、池波正太郎は憮然たる表情でいった。

「きみは一度もおれにワインの相談をしてくれなかったな……」

「は……？」

「おれは本当いうと赤ワインは嫌いなんだ」

Ⅵ

流行作家の酒

周五郎の思い出

杉山吉良
（写真家）

山本周五郎に初めてあったのは、私がブラジルから帰って一、二年した頃であるから、彼とつきあい始めてから、かれこれ十年ほどしかたっていない。

ある日、文春クラブにいると「あんたが杉山吉良さんかね」と私に声をかけた武骨な、田舎くさいおやじがあった。両方の口尻をぐっとあげて、人懐こそうな眼で、じっと私を見つめた。それが周五郎だった。

「これは僕の書いた本だよ」といって、文春から出たばかりの『青べか物語』をつき出した。そして「また会おうよ」といったかと思うと、さっさとクラブを出て行った。周五郎って変なおやじだなと思った。

しかし、これがきっかけでつきあうようになった。あとできくと、彼の方から声をかけてくれたのも、私がそれまで発表した多くのヌード作品を愛好していたからだという。彼の作品に表わされたものを考えると、彼が私の作品を愛好してくれるというのは、ちょっと不思議な感じがした。しかし私は嬉しかった。というのは、私はずいぶん昔から彼の愛読者だったからだ。世間的に話題にもされなかった彼の昔の大衆小説も、私は面白く読んだものだ。私が写真を連載していた『オール讀物』に、よく彼が小説を書いていた。当時のそれらの作品は、本当の大衆小説ではあったが、人間くさいものがプンプンと匂い、そして、見知らぬ人から、おい、お前さん、といって肩を叩かれるような思いを起させる小説であった。

　久しい以前から、お互いの仕事を心から認めあっていたことが、私と周五郎の交友を深いものにしたといえよう。

　私は大ぜいのもの書きの友達をもっているが、私は滅多に友人を訪ねない。訪ねることが、友人の執筆時間を失わせ、ものを考える時間を妨害することを知っているからだ。だから、私が周五郎を訪ねたのは、六、七回であったかも知れない。車で仕事にでかけた折など、横浜を通ることがあると、周五郎の家を訪ねて、玄関をあけて、名刺をおいて、黙って帰ったことも、何回かあった。友情というものは、それで十分に通ずるものと私は信じている。

彼の家の玄関脇の部屋に秘書がいたが、もういまは仕事をしていないようですよ、と秘書がいうときは、私はつかつかと上って行く。

彼は書き終えた原稿用紙を机の上に、一ミリの狂いもなく、きちんと重ねておき、机の脇の切りごたつに足をつっ込んで、物を考えている。私の顔をみるとすぐに、自分で戸棚からウイスキーを二本取り出す。その二本のビンを各々の前におき、一本ずつ、好き勝手にコップについで水割りにしてのむのである。

「吉良、お前のは薄いぞ、もっと濃くしろ」と周五郎はいう。私も「あんたのも薄いじゃないか」という。「そうか、そうか」と彼はウイスキーをそそぐ。

そんなふうに酒を呑みながら、極く当り前の人間の問題、仕事の問題などをとりとめもなく語りあった。彼はよくこういった。

「俺は月に百枚小説を書く。この方針はくずさずに行きたい。百枚以上でもいかん、以下でもいかん、俺は百枚しか書かない」

百枚というと一日に三枚とちょっとである。それを考えては書き、考えては書くというように、恰《あたか》も宝石を磨くような丁寧さで、彼は作品を書いた。

「いいねえ、あんたの作品は後世に残るよ」と私がいうと、

「そんなにいいのはねぇよ、君の眼はどうかしてるんだよ」と彼は真顔でいう。

「いや、残る、必らず残るよ、多くの人があんたの小説を大事に抱えていてくれるよ」

「吉良、お前の作品も残るよ」

彼にそういわれると、私はその場かぎりの仕事をして世間をごまかしているようなところはないか、と自ら反省させられるのだった。彼はよく「俺は原稿料の前借りばかりする」といっていたが、実際前借りをしては、それを返すために仕事をしているようなところがあった。

彼が死ぬ一カ月位前に会ったとき、「俺は金がないんだよ」と何気ないように言った。寒い冬の日だというのに、暖房もない部屋で、炭を入れた切りごたつに足を入れて、つま先だけを暖めていた。彼は生涯、庶民を離れず、庶民の生活をすることに満足を感じていた。そこに彼の作品があった。

彼は常に和服を着ていたが、絹の光った着物を着たことがなかった。いつも亀甲模様の紺がすりの着物を着ていた。それは或いは品質のいいものであったかも知れないが、彼からうける印象は、昔の書生が着る粗末な木綿のかすりを着ているようだった。彼は長いこと旧式な丸い金属の細ぶちの眼鏡をかけていたが、死ぬ二、三年前になって、今様のプラスチックのふちの眼鏡に代えた。

死の間際には物を食べず、ウイスキーだけを飲んでいたようだ。本当に彼はものを食わなかった。横浜の花街の小さい料亭に、いつも四、五人の芸妓を集めて、沢山の料理を御馳走して、彼女たちが食うのを楽しそうに眺め、自分では何も食わなかった。「皆いい子だよ、この妓たちも淋しいんだよ」とさながら娘たちをみる父親のような顔をして私に語ったことがある。この芸者たちに親切にしてやっている間に、彼女らは、自然に自分たちのたどって来た道、日常の身辺雑事を語ってきかせるようになったらしい。彼の小説の女がそこにあった。彼は彼女たちから庶民生活の実態を吸い上げていたに違いない。

彼はわれわれに偉大な遺産を残してくれた。どれだけの人が彼の文学によって、心暖められ、人生の苦しみから救われることか。深い救いと慰藉に満ちた文学を築いた彼が世にないことを思うと胸が痛い。せめてもう四、五年も仕事をして貰いたかった。

彼が死んで何日かたって、私は彼と仲良しだった、田川博一、門馬義久、松島雄一郎の諸君とともに、青べか物語の主人公である浦安の「長さん」に、釣舟を出して貰い、浦安の沖に出て、周五郎が愛用したウイスキーを海にそそぎ、その冥福を祈った。それは小雨まじりの冷たいたそがれであった。そのウイスキーは七百五十円の安ものであった。

五味康祐先生のあの笑顔

色川武大
（作家）

五味さんとの接触は、当時の編集者の中でもっとも早い何人かに属していたかもしれない。五味さんの芥川賞受賞が昭和二十七年下半期だから翌二十八年ということになる。当時私は小出版社のチンピラ編集小僧で、受賞作〝喪神〟の凄さに打たれ、体当り的に原稿依頼に行った。講談社で今専務だか常務だかをやっている加藤勝久さんと、女性自身編集長から祥伝社を作った桜井秀勲さんがそれぞれ講談倶楽部、面白倶楽部の若手編集者で、この二人のマークも早かった。このお二人とは狙い目が似ていて、私はいつも同じ作家の所で後塵を拝していた。

お眼にかかる前から天才型は予想していたが、五味さんはその頃からすでに仙人風で（まだ髭はなかったが）なんとしても原稿は書いてくれない。私は自分が怠け者だから、他人に仕事を強いられない性格なのだが、この天才から原稿を貰うのが夢で、懸命に喰い下がっていた。五味さんのお宅はその頃、大泉の都営住宅の広場に面していて、ある日の昼下がり、お宅の軒下に近く選挙カーが停まりマイクでがなりはじめた。五味さんが無言ですっと立って、ご自慢のオーディオを最高のヴォリュームにした。選挙カーが慌てて逃げ出し、五味さんはご自分の座に戻るとそしらぬ顔で談話の続きをはじめた。それが私の依頼の拒絶にも跨がっているようで怖かった。

その頃、麻雀の話は一言もしなかった。こんなチンピラが麻雀ギャングの前歴を持っているとはまさか思わない。何かの拍子に五味さんの麻雀歴を知ったら、その時点で麻雀小説の依頼をしたのではなかろうか。すると後年私は麻雀小説に手をつけず、この分野は五味さんの一人舞台になっていただろう。そうして私はどこかの盛り場で、ばくちで殺されていただろう。思えば妙な気がする。

それから十年ほどして私が阿佐田哲也に変身していた頃、新潮社の前の路上で、偶然五味さんとぶつかったことがある。十年前の編集小僧などお忘れだろうし、半端な者から挨拶されてもわずらわしいだけだろうと、顔をそむけてすれちがおうとすると、

「おや、君は――」

五味さんが足をとめて、笑顔を下さった。何をしてる、と問われて、ええまァ、うろうろしてます、としかいえなかった。

五味さんが、いつ頃、阿佐田哲也イコール私とお知りになったか知らないが、ある雑誌の私に関するコメントで、こういわれた。

「――一芸があんなに奥に達すると、他の道からははずれすぎちゃって、ちょっと戻れないだろうね。もったいないことなのかもしれないな」

週刊誌の麻雀でお眼にかかったとき、あのコメントは励みになってます、というと、

「先輩の鞭じゃい。――だが、がんばれよ」

それが素直で優しい声音だったので驚いた。それからずいぶんかわいがっていただいたが、以前、原稿依頼で伺候したときの気むずかしさはまったくなかった。いつでも暖かくて朴訥な五味さんだった。そうして、あの髭天使のようなすばらしい笑顔。こう記すと頷く方もいらっしゃるだろう。世間の中に出たときのお顔とこうもちがうかという感じで、そういう五味さんに接することができて幸せだったと思う。

ある夜、まだ現役だった張本選手、初代若乃花の二子山親方、五味さんと私で麻雀を打っているうち、銀座へ行って呑もう、と不意にいいだして、三人が五味さんに引率される恰好で銀座にくりだしたことがある。

五味さんは上機嫌で、ママやホステスたちに向かって、

「これが張本、野球の親分」

「こっちが若乃花、相撲の親分」

「それから阿佐田哲也、麻雀の親分だぞ。さァ、日本一の酒もりじゃ、乾盃しよう」

それはいいが、乾盃がすむとさっと立って、

「それじゃ、次の店に行きまひょかァ」

何軒行ったか。十軒じゃきかない。一丁目から八丁目まで、おちつくひまもあらばこそ、芸者のお披露目《ひろめ》みたいにさんざん歩かされて、五味さん一人が酔ってしまい、新橋に近い店でぐうぐう眠ってしまう。その五味さんをいささか憮然として眺めながら、

「すっかり見世物にされてしもうたね」

「しかし、憎めない人ではあるな」

「勘弁してやって下さい――」と私はご両人にいった。「ご当人は生涯一の贅沢な遊びをした気でしょうから」

黙って深更までつきあってくれた二人に感謝した。

「ともかく、これからマイペースで呑み直そうや」

その夜の五味さんの稚気に溢れた笑顔が忘れられない。

こう記していくときりがないが、私が直木賞をいただいたとき、五味さんはご病気で入院中だった。快方に向かわれて退院されてから、赤坂に呼び出されて、「授賞式に出たのは吉行（淳之介氏）のとき一度きりなんだ。君のは二度目で出ようと思ってたのに、病気で、残念――」

改めて乾盃をして下さった。そうして麻雀になった。顔色が冴えず、むくみもあるようなのが気がかりだったが、ご機嫌もよく、手さばきも見事だった。五味さんの麻雀は悪戯が混じったりしてとかくの噂もあったが、私と打つときはまったく真剣で、冗談口ひとつきかなかった。といって、ばくち場の切った張った式の迫力でもない。奥の境地を悠々と遊ぶような趣があった。私もそれに合わせて伸び伸びと打てた。

残りの日を惜しむように、五味さんから頻々と麻雀の誘いがかかった。私も仕事をほうり出しても行った。翌日には必ず、ご主人をお借りしてすみませんでした、という電話が私の妻のところに入る。妻は今でも五味さんを尊敬してやまない。

五味さんとのお別れの日のことは細かく記したくない。病院のベッドで、しかし意外に端然としておられた。病気のことは一言も口にされず、これからの政局のこと、新シーズンを迎えるプロ野球界のこと、先々のことばかりが話題になった。

お暇するとき、

「ああ、ありがとう――」

あの笑顔を見せて下さった。その数日後の四月一日、訃報をきいて、一瞬、四月馬鹿という五味さんの悪戯じゃないかと思った記憶がある。

茂一と酒と女——田辺茂一氏のこと

早乙女貢
（作家）

この原稿は、新宿の紀伊國屋ホールのロビーで書いている。今日十月の第一木曜は日本ペンクラブ主催で国家秘密法に就いてのトーク・インを開催したのだが、遠藤周作会長と私が最初に出て「獄中作家の日」の成り立ちと経過などを話した。ステージを降りて来たら、佐々木久子さんからの電話だ。本稿の催促である。

「モイチの思い出はどうなったの」

「あ、まだ書いてない」

「今日が〆切り。ギリギリのギリチョンなンだから。モイチの紀伊國屋にいるのなら、すぐ書けるはずだけどなァ」

御明察。そこで書き出したわけだ。新宿といえばモイチ。モイチといえば酒。夜の顔と昼の顔が田辺茂一くらい違った人を他に知らない。

すでにあの笑い声と駄洒落を聞かなくなってどれくらい経つだろう。私にとって茂一は、茂一氏でもなく、茂一さんでもなく、やはりモイチなのだ。私の父の名が同じ茂一である。本人はモイチと呼ばれるのを嫌ってシゲカズでなければ承知しなかった。私にしてみれば田辺茂一は父に近い年齢だし、子供の気持になるが、かれは私を友人扱いにし、その軽妙洒脱な人生観と夜の銀座遊びの酒と女の部分でたしかに友人であった。紀伊國屋の茂一はモイチであり、断じてシゲカズではないのである。戸籍上のことは知らない。本人自身〝モイチのバラード〟などを自作自演して悦に入っていた。

「隠れたベストセラーだ、カッカッカ」

昼間、紀伊國屋書店の中を歩いているときはあの笑顔もあの笑い声も本人とは信じられない気難しさだが、灯ともしころから、経営者の厚い皮膚が弛んできて、酒が入るや、一変、にこにこのエビス顔になり、やたらとジョークが酒に濡れた唇から飛び出す。

酒友となったきっかけは、私の直木賞受賞直後だから二十年前になる。戸川昌子さんの「青い部屋」で、深夜、茂一は若い女を膝の上に抱いて御機嫌のときだった。直木賞のお祝いをいってから、くしゃくしゃと顔をほころばせて、

「前から知っていたことにして下さいよ、そうでないと、ハバがきかない」

といって、カッカッカと笑った。

以来、連日、いや連夜のように、銀座・赤坂・青山と、連れ飲みするようになったが、あのころは紀伊國屋書店の店舗拡張時代で、茂一は各都市に支店を作っていた。その度に記念講演を頼まれた。水上勉さんや丸谷才一さんと同行することが多かった。ほかに銀座のホステスやママが七、八人。多勢で賑やかなことの好きな茂一だった。福岡（博多）のときなど多忙な水上さんは福島での講演が済むと翌朝一番で帰京し、われわれは太宰府にゆき二日市で昼食をとり板付空港から別々の空路になった。私だけが翌日文春の講演旅行の北陸近江四ヵ所に駈けつけるというスケジュールだったので大阪行きに乗ることになった。こっちが三十分早い。すると、「盛大なお見送り」などといって、改札のところにずらりと並んで、「早乙女センセイ、バンザーイ」と、やらかした。丸谷までが一緒になって、バンザーイである。

たしか梅の季節ではなかったのに、太宰府に足を延したのはただ遊覧ではない。茂一は門前でやおら名刺入れから、千社札をとりだした。背高ノッポのラ・モールのホステスに、

「なるべく高いところに貼ってくれ」

と、注文をつけた。因みにラ・モールの女は外人並みの上背が売り物だった。

行く先々の寺社の門や社殿に千社札を貼るのが嬉しくてしかたがない、というところなど稚気があふれていて、人生を愉しんでいるという茂一だった。

やはり飲み友達で仲の良かった柴田錬三郎さんと茂一の仲が悪くなったのは、共通の友人だった梶山季之の急死による葬儀のことが原因だった。

経営者としては厳しい面が多かったろうから、その分、夜の顔で、うまくバランスがとれていたのだ。つまり、夜の酒で御機嫌になっているときは、裸の人間としての交際で、我ひとともに愉しむというのをモットーにしていたのだから、我を張って、他と争うことはなかった。それが梶山の急死で、あれほど仲の良かった柴錬さんと争わねばならないことになったのは、その原因がどうであれ、茂一にとっては終生遺恨事だったろう。

もしも、葬式が夜だったら、そして、少量でも酒が入っていたら——などと葬式のときにはあり得ないことをいうようだが、もし、そうだったら、茂一も花輪や何かのことで、柴錬さんと争うことはなかったろうと思う。梶山もあのような洒脱で気くばりのある人柄だったから、

（オレの葬式なんか、固苦しく形式張らずに、みんなで酒を飲んで楽しくやってくれた

らよかったんだよ）

と、地下で残念がったかもしれない。

三人とも故人になった。みんな酒が好きで、いい人たちだった。柴錬さんは、飲むというより酒席が好きという、その点で、茂一とも気が合っていたのである。

近ごろの銀座は、作家の顔を見るのが少なくなった。文壇バーも減った。繁昌しているのは「クラブ数寄屋橋」と「ザボン」くらいである。「眉」もなくなり、「小眉」や「眉々」と核分裂して小さくなってゆく。銀座のネオンの輝きも、なぜか色褪せて見えるのは、茂一の笑い声がどこからも聞えないせいか。

花登筐と酒と私

藤本義一（作家）

こういうかたちで、花登筐《はなとこばこ》兄の思い出を語るというのは、とても空しい。

彼はあまりにも早く酒盃を置いて去って行った。そしてまた同世代の一人である開高健兄もまた酒盃を置いた。

そして、この二人は対照的な酒徒であった。花登兄はブランデーが主で、飲み出すと肴《さかな》に類する料理は口にしなかった。これに比べると開高兄は飲むほどに酔うほどに健啖ぶりを披露した。そして声が大きくなっていったものだ。花登兄は逆であった。飲むほどに唇そのものが小さくなり、俗にいうオチョボ口《ぐち》となり、声は低く小さくなっていった。

私はどちらかというと開高兄に近いと思うが、あれほどの大きな声にはならない。酒を飲めば周囲を圧する開高酒と、飲むほどに呟きに近くなる花登酒をつい比較してしまう。あれは肺活量の差かとはじめは思っていたが、どうもそれだけではないらしいと最近になって思いはじめた。

酒が脳の中の神経系を刺戟する時、その部分が違ったのではないだろうか。開高兄の場合は興奮系のドーパミンとかノルアドレナリン、セロトニンというのが覚醒されるタイプなのに対し、花登兄の場合は、やや饒舌気味になるものの抑制系のギャバとかグリシンといった伝達物質が働きかけたのではなかったのか。

一夜、梯子酒をしていて、この二人に別の店で会うと、こちらの頭の中はぐたぐたのウニ状態になり、脳細胞が麻婆豆腐状になったものだ。

昭和三十六年頃に花登兄とはじめて顔を合わすことになった。関西の劇作グループが誕生した時だ。その五年前に、私と花登兄と一緒に民放のラジオドラマの懸賞で佳作に入っていたので名前だけは知っていた。その夜は飲んだ。彼は笑いと人情がこれからの劇作の方向だといい、私は取材を主とした社会性のあるものがいいと話し、酒が入っていて大激論になった。誰かがとめに入った。二人共若かったのだ。私が二十八、花登兄が三十一だった。が、この時から二人は犬猿の仲ということになった。お互いにそんなことは意識していなかった筈だが、周囲がそう定《き》めてしまったのだ。

が、たしかに、この後、犬猿ふうに進展する。花登兄は放送作家協会に籍を置いていたなら脚本料が上らないから一緒に脱会しようと持ちかけてきたのを私は蹴ったのだ。協会は営利団体ではないという理由からだ。彼は一人で脱会した。このあたりから、酒場で顔を合わすと互いに話しかけることをしなくなった。彼は週に四、五本のドラマを抱え、私もまた三、四本の連続ドラマを持っていた。

そして、この状態が二、三年つづく。さらに、この犬猿の度が大きくなったのは、花登組だった芦屋雁之助兄たち一派が独立して新しい劇団を組み「喜劇座」という名称で松竹系となった時、私は座付作者というかたちでこの劇団に参加した。花登兄は「笑いの王国」に背を向けた連中に藤本が加担したというのに怒ったのだ。仲介役に入る人があって深夜に新地で会った。

二人は黙って酒を飲んでいた。彼はブランデー、私はウイスキーだった。どんな話が交わされたのか正確には記憶していない。

「情を忘れた者を憎む」といったようなことを彼はいい、私は「束縛するのは情ではない」といったような事を口ばしったように思う。

この数年後に二人だけで熱川《あたがわ》で飲んだ。彼が『細腕繁盛記』の舞台にした温泉である。

地元テレビが二人を出演者にしたのだ。二人の仲を知らないプロデューサーの考えだ。

「大阪でやったらこの二人が話す番組は出来へんかったやろなあ」

番組が終った後、花登兄は照れたようにいい、私は全くそうやと同意した。二人でボトルを夜明けまでに二本空けた。彼はブランデー、私はウイスキーだった。

この時、二人の間に和解が成立した。関西の演芸に二人が求めているものは同じじゃないかという点で一致した。六、七時間ガランとしたホテルのバーで飲んで夜が明けた。私は四十歳で彼は四十三歳だったと記憶する。

「これからわれわれはどういう態度をとるべきかやな」

彼は貧乏ゆすりをしながら楽しそうにいった。

「そやな。周囲《まわり》の連中はライバルと思い込んでるからな」

そして二人の得た結論は、これからもパーティに同席した時は、敵同士のような態度をつづけようということだった。

「その方がサービスというこっちゃで、ギッちゃん」

「そやな、コバコさん……」

その後、パーティの席で二人は演技をつづけたことになる。世間を欺す演技を通したことになる。

彼が星由里子さんと結婚した後は、深夜に頻繁に電話がかかってきた。

「彼女、大阪の舞台にはじめて上るんやけども見てやってえなあ」

とか、

「ギッちゃんの名前で彼女の花か幟《のぼり》を出してもええかァ」

というものばかりで、相当彼女にイカレテいるなと思った。こういう時、彼はいつも酩酊していた。

そして、最後の電話は呂律が怪しく、ほとんど脈絡のない話ばかりで終始した。当時、彼は週刊誌に知人友人を痛撃に葬り去るような過激な文章を連載していた。関西の放送作家の何人かを俎上にして書き綴っていた。新野新を斬った刃で梅林貴久生をバッサリという文に、私は怒りを覚えて電話を入れ、彼は二度ばかり電話をしてきたが、全く要領を得なかった。なにかクスリに依存しているなと思って、そのことを告げたら、彼は乾いた笑声をあげて、電話を切った。これが最後の会話である。もっと生きていなくてはいけない男のことを書くのは、なんとも空しい。

追悼　酒友梶山

田辺茂一
（紀伊國屋書店創業者）

交友の長さは、二十年にちかいが、そのうちの十年間ぐらいは、三日にあげず、会っていたから、合計千数百回という酒である。

数が多ければ、いいというものではないということが、今度のことで、ハッキリわかった。

二人で、何を話していたかは、酒だけが知り、覚えていてくれるかも知れないが、私自身は、まったく漠然としていて、よくわからない。

私は、私の社の退出時を、毎夕五時ときめているが、そのあとは、無性に梶山に会いたくなっているのである。

「二人ともホモじゃないの……」とよく酒場のマダムなどに云われたが、

「いや昼間ホン売ってるんだ」

その都度、私はお茶を濁していた。

梶山の死んだあとの週刊誌を繰っていたら立川談志君が、

「いや偉大な英雄で、神様のような人だった」と回想していたが、調子を合せるわけではないが、私もホボ同感である。

私は、十七のとき、おふくろを失ったが、そのとき、自分の母親は、神様に召されたのだと思った。母は俗世に生きるに、勿体ないひとだと思ったからだ。

こんども、実は、そう思った。

梶山の生き方は、神に近かった。だから呼ばれて、向うへ行ってしまったのだ。

梶山の生き方は、自分のことなんか、毛頭考えないが、只今、周囲の人のことばかりを考えて生きていた。

さいきん所用があり、私は、広島、下関に各一泊ずつの旅にでかけたが、梶山のいない広島は、ひどくあっけらかんとしていた。空しかった。

広島グランドホテルの窓から、五月の山を眺めたが「ああこれが梶山の故郷の山だったのか……」とあらためて見直した。

青春時の、若い日の梶山が眺めた山なのである。

何度か訪れたことのある広島だが、風景に関心のない私は、この街の背景になっている山の姿など、眺めたことはなかった。

その夜、下流川の酒場街にもでかけなかった。そんなことをすれば、なお駄目になると自分で思ったからだ。

今年はカープが強い。世の中は面白いものだ。「カープを優勝させる会」というのを、梶山が主唱で、何年かつづけたが、存命中は、一向に芽が出なかった。いささか疲れ、去年あたりから中止になったが、梶山がいなくなってから、強くなっている。

私は、東京育ちで、とくべつ縁もなかったが、梶山がやっているのを、黙って見ているわけにも行かず、後援会の一人になっていた。

公式リーグの始まる前、一緒に遠く九州宮崎日南の球場まで、でかけて行ったことがある。

生憎、出先きの宿で、風邪をひき、梶山は高度の熱、心配したが、翌朝、みんなの寝ているうちに、部屋の隅の机で、原稿をかいていた。

その後は、三村や外木場の結婚式まで、招かれて出かけて行き、祝辞などぶったりしてきている。

さきごろ、後楽園での対巨人戦を機会に、上京したとき、古葉、阿南の両君が、私の社にやってきた。

「こんどこそ、広島が優勝した会という名でやりましょうや……」

私は云った。

「会の準備もあるから、今はセリ合っていてもいいが、すこし九月頃には、貯金をふやして置いて下さいよ……」

と頼んだ。

秋には、金城も復帰するのではないか、と思っている。

一緒に観戦していると、すぐわかるものだが、梶山はあまり野球通というのではない。少くとも、私よりは素人である。なのに、スポンサー格で、選手たちを激励しているのだ。だから、神さま、だと云うのである。

祝勝会の当日は、臨時に、梶山の大きい写真でも、運びこむことにしたい、と考えている。

梶山が亡くなった日の夕刻ちかく、ほうぼうから電話がかかった。

家人の少いわが家では、私が受話器をとる。あんまりちょくちょく、かかってくるので、面倒くさくなった。

そこで考えた挙句、受話器をとると、すぐこちらから、

「こちら、梶山ですが……」などと云った。大人の悪戯だが、そういう余裕があるのだ、ということを、先方に得心させようというのが、こちらの魂胆だったわけだ。と云っても疳《かん》高くなっている自分を制御しようとしているだけのことだったのである。

さいきん、これも『風景』にかいた随筆と重複するが、この雑誌に、私は「荒れた庭」と題して、わが家の庭のことをかいた。

紙数が四枚限りだったので、意をつくせなかったので、また書くが、つまり本旨とするところは、誰も知らない、荒れるに任せたわが家の庭だが、この光景を梶山だけに知らせたかった、という私なりの無念を、そこに書いたのである。

今更荒涼を売り物にするほどの自分ではないつもりだが、外見と内実は、違うものだと云うこと、いや梶山だけに同情して貰いたかった、私の甘えを、左様、生前にひと眼みて貰いたかったのである。

晩年——と云ってもいいだろう——銀座の酒場で、顔を合せると、私はきまって、故

意に、彼に近づかず、すこし離れたところに席をとる。

ホステスが近づいてきて、

「どうして、ご一緒にならないの……」

「だって、会いたくないんだよ、もう飽きちゃったんだ……」

私は、そう云ったもんだ。

先方も、斜めに身体を向けながら、離れたところに陣どっている。

要するに、お互いに照れていた晩年であった。

離れていながら、私はホステス嬢に説明した。

「一見、広島くんだりの、どん百姓に見えるだろう、けれどほんとうは、韓国の皇太子だってさ、もっとも自称だけれどね……」

それが、梶山の耳にきこえる。

「場末の炭屋の息子だよ……」

先方が切り返してくる。

徐々として、一緒のテーブルになる、という寸法であった。

そういう梶山も、今はいないのである。

梶山だけが友人ではない、後にのこっている人々もいるが、帯に短し、たすきに長し、とは、このことか。

当分は、身の因果とあきらめ、私は、ひとりの酒を、飲んでいたいと、考えている。雀の合掌の先生よ。通夜や葬式には出かけなかったが、美季ちゃんの結婚式には、是非出かけるつもりでいるのさ。それだけ。

解説　雑誌『酒』と佐々木久子

浦西和彦
（関西大学名誉教授）

パソコンや携帯電話が個人や各家庭に急激に普及し、あらゆる面でグローバルなネット社会になった現代から昭和時代を振り返って眺めて見ると、昭和は雑誌文化の時代であったということを改めて認識する。昭和の文学運動はプロレタリア文学も新興藝術派もいずれも機関誌などの雑誌に結集するところから展開されていった。雑誌には何か社会や人を動かすことの出来る力強いエネルギーが潜んでいると信じることの出来た時代や社会でもあったのであろう。雑誌には神が宿っていたといってもよい。戦後になってもそれは変わらなく、『近代文学』や『新日本文学』をはじめ、安部公房らの記録藝術の会の『現代藝術』、大岡昇平や中村光夫らの『声』、佐伯彰一、村松剛らの『批評』、立原正秋、加賀乙彦らの『犀』、小田切秀雄らの『文学的立場』、江藤淳らの『季刊藝術』、井上光晴編集の『辺境』、後藤明生、坂上弘らの『文体』、小田実、開高健らの『人間として』等々の雑誌をすぐさまあげることができる。これらは無名の人たちが作家を目指して同人雑誌を出したのとは違って、昭和時代には文学者たちが雑誌の刊行に深く関わり、雑誌を出すことが文学的活動でもあったのである。こうした現象は文学の分野だけではない。各分野でも多種多様な雑誌が出された。

荒正人の夏目漱石の酒に就いての考証「漱石と酒」をはじめとして、本文庫に収められている文学者の酒についてのエッセイは佐々木久子編集の雑誌『酒』に発表されたものである。このような食味・味覚随筆というような雑誌も昭和には多く発行されている。酒に関係するものだけをあげると、昭和二十五年にはこの『酒』や『ほろにが通信』が刊行されたのをはじめとして『洋酒天国』『サッポロ』『ビール天国』『サントリー天国』『ホロニガ』などの雑誌が刊行された。『酒』以外は壽屋・サントリー、朝日麦酒・アサヒビール、日本麦酒・サッポロビールのPR誌として出されたのである。しかし、PR雑誌といっても自社製品の宣伝広告をもろにしているのではない。戦後のPR誌の草分けである『ほろにが通信』は、その創刊の辞に「これは、ビールを愛し、ビールに趣味を持つ人々へ献げる一つのしおりである」「日本にビールが入って七十年、その醸造高も日に日に増してはいるが、まだ世界各国の消費量と比較する時には微々たるものといわざるを得ない」といい、朝日麦酒の宣伝よりも、ビールそのものの消費拡大普及を目指し「ビールに関する古今の歴史、ビールの科学、ビール芸術、ビールの学問」に「強い興味」を呼び起こすことを目的に編集されている。そのためPR誌といっても自社製品の宣伝広告の要素が乏しく、ビール全般にわたる文化雑誌としての色彩を発揮しているのである。『ほろにが通信』は昭和三十年六月にひとまず終刊したが、『酒』は平成九年七月まで四十五年間にわたり、五百余冊が刊行された。私は二十年ほど前に古書即売会で『酒』の端本五六冊を購入したことがある。著名な文学者たちが酒に関する好エッセイを載せていて、そのときから気になる雑誌の一つで、いつか全冊見てみたいと思っていた。この種の雑誌は図書館で所蔵しているところが殆どない。ところがケンショク『食』資料室に『酒』が所蔵されていることがわかり、吉積二三男氏の厚意により見ることが出来た。石井泰行が『酒』は文壇のサイド資料史といったが、まさに『酒』は昭和文壇や文化の豊富な資料の宝庫となっている雑誌である。ここには「純文学」の垣根が取り払われていて、安部公房、尾崎一雄、上林暁、野間宏、三浦哲郎、瀬戸内晴美、萩原葉子、等々の純文学の人々が多く寄稿しているだけでなく、池波正太郎、小松左京、田辺聖子や漫画家の赤塚不二夫、富永一朗といった人たちまでが酒について書いているのである。総合雑誌の論説などは長い年月が過ぎると色あせてきて読む気がしないのであるが、このような小冊子に書かれている酒などについてのエッセイには、時間が経つほどその当時の社会の匂いみたいなものが感じられ、おもしろい。そこには〝時代色〟といってもいいものが生彩を放っているのにおどろくのである。『酒』のような趣味の雑誌は復刊されてもいいのではないかと思う。だがこのような随筆雑誌には多数の人々が寄稿していて、その著作権者の調査など簡単ではなく、復刻することは容易にできないであろう。どのような文学者や文化人が酒と関わり、酒について語っているのか、その全容を知るために『酒』五百余冊分の掲載執筆者の細目だけでも誰か作成してくれないかと思う。『酒』だけでなく、『あまカラ』『ありくりげ』『嗜好』などの食味・味覚随筆誌の調査や研究が進んでもいいのではないか。これらには時代の文化風俗史の資料となるものが多く含まれているように感じられる。

雑誌『酒』の創始者は、『株式新聞』の社長で無類の酒好きの小玉哲郎であった。『酒』は昭和二十五年九月一日に酒の友社から創刊された。〝趣味の雑誌〟と角書きし、A5判で、題字の「酒」を土屋竹雨が書き、火野葦平の「河童獨吟図」が表紙を飾っている。『九州文学』を編集していた宇野逸夫が上京して、株式新聞社に入り、その宇野逸夫が『酒』の編集を担当したのである。宇野逸夫たちの関係で火野葦平や長谷健が『酒』編集の顧問役になる。当時まだ戦争の余韻が残っていて国民の生活が全体に貧しく『酒』などの雑誌を読む人が少なくて、五冊ほど刊行して休刊となってしまった。そして昭和三十年六月に『酒』は復刊する。その時に小堺昭三と佐々木久子が株式新聞社に入社したのである。ところが『株式新聞』印刷局の労働争議で赤字の雑誌を出すのであれば給与を上げてくれと云う要求で、結局『酒』を昭和三十一年四月で休刊することで和議が成立したのである。佐々木久子は一年で解雇された。佐々木久子は火野葦平が「死ぬまで原稿を書いてあげるから」という励ましにより、独立してこの『酒』を復刊する。佐々木久子は資本もなく出版社や新聞社などをバックにつけないで、孤軍奮闘し、独力で『酒』を平成九年七月まで刊行しつづけたのである。赤字続きで当時は稿料も払えなく日本酒一升であったという。火野葦平や檀一雄や梶山季之等が積極的に応援し続ける。このような原稿料も出ない雑誌に有名作家がじゃんじゃん寄稿するのである。昭和にはこのような小雑誌をも守り育てていこうというような雰囲気があったのであろう。

『酒』が当時の文壇で大きく話題になったのはなんといっても「文壇酒徒番付」である。昭和三十一年から始まり昭和五十年まで続いている。毎年新年号に載るのであるが作家たちはかなり気にしていたという。昭和三十一年の東の横綱は評論家の青野季吉である。鷲尾四郎が『東京新聞』(昭和三十一年一月十七日夕刊)の「大波小波」で、「文壇酒徒番付」を取り上げ、次のような批評を書いている。

「○『酒』という雑誌にのつている『文壇酒徒番付』は初場所のおりから、話題にするにはちよつと面白い。

○東の横綱は青野季吉老、西が井伏鱒二。これはどうもいただきかねる。むしろ張出大関になつている辰野隆、内田百閒、吹田順助の三人のうちからえらぶべきだつたろう。さて東の大関は尾崎士郎、西は保高徳蔵。尾崎士郎はまずいいとして、保高徳蔵はちよつと唐突ではないか。関脇は東が吉田健一、西が中野好夫で、吉田健一はいいが中野好夫先生には関脇を張るだけの酒量はあるまい。小結は東が小林秀雄、西が河盛好蔵。小林はむしろ関脇の吉田健一と入れかわるべきだ。小林に入れかわつても、吉田健坊なら文句はいうまい。河盛好蔵はしかしちとおかしい。前頭筆頭が東は中山義秀、西が浜本浩でこれはよろしい。

○どん尻は東が伊藤整、西は十返肇だけれど、十返先生はこのごろ非常に手があがつているからどん尻では可愛想だ。田辺茂一のようなうるさいのが前頭十枚目もいけない。もつと上位に置くべきだろうし、檀一雄の九枚目も低すぎる。」

　この「文壇酒徒番付」のおもしろさは、作家たちの飲みっぷりや酒量だけでなく、その年の仕事ぶりや人柄やいろいろなものが反映し、その文学者たちの文壇の位置をおのずから示しているところにあるようだ。石川淳（昭和三十六年一月）や井上靖（昭和三十七年一月）が「横綱の弁」を書き、各文学者たちが「〝文壇酒徒番付〟にモノ申す」で敏感に反応をしめしている。

『酒』は「文壇酒徒番付」だけでなく「映画界酒徒番付」「落語家酒豪酒落番付」「大相撲酒場所番付」「芸能界酒豪番付」「プロ野球酒豪番付」「歌謡界酒豪番付」「オール女性酒豪番付」「寄席演芸酒豪番付」など次々と番付を載せている。『酒』にはそういう遊び心のある企画のおもしろさがある。それが時代史や世相史を反映しているのである。

昭和三十年代には全国に四千四百軒余りあった造り酒屋が平成になると二千五百六十軒ぐらいになった。酒造りも一に麹《こうじ》、二に酛《もと》、三に醪《もろみ》といわれていたが、現代では、一に水、二に米、三に人と変化していった。人々の飲む酒も多様なものに変わっていく。酒といえば日本酒であったのが、いまではノンアルコールのようなものが発売される時代になった。佐々木久子は全国の蔵元を廻って歩くのである。だが、男社会であって、そのころ〝女が蔵に入ると麴がくさる〟といわれて、蔵にいれてもらえない。仕込み水を飲んで歩いたという。新潟の地酒〝越乃寒梅〟を全国に広め、地酒ブームに火を付けたのも佐々木久子であった。佐々木久子は〝越乃寒梅〟の主人石本省吾との出会いが「私に〝よし私も、生涯を賭けて日本民族伝統の美し酒と心中するぞ‼〟と決意させた」(『新潮45』平成八年六月一日発行)という。そういう強い決意が『酒』を四十年以上も刊行することが出来たのであろう。

本文庫に収録されているエッセイには、酒の上でも、決して矩を越えなかった亀井勝一郎や銀座の有名なクラブでホステスたちにローソク病の話をする高見順、酒を飲まずに酒席を好むのが名人芸であった川端康成や飲みまくり酒における修羅場化するほど暴れ廻った中上健次などをはじめとして、様々な文学者たちの風貌や逸話が描かれていて実に愉しい。作家たちは何かにつけて酒を飲み交わしたようだ。昭和には東京を中心に文学者たちの共同体としての皮膚感覚で実感できる文壇というものがあったのが感じられる。酒宴が文壇を円滑に形成する役割を果たしていたのではないか。酒という面から文学者や文壇を注目してもいいのではないかと思う。

初出一覧

Ⅰ　文豪の酒

漱石と酒（荒正人）昭和四十七年六月（第二十巻七号）～同十一月（第二十巻十一号）

Ⅱ　作家の酒

小説家と酒（楢崎勤）昭和三十年十月（第三巻十号）
文壇酒友録（上林暁）昭和二十五年十二月（第一巻三号）
直木三十五と酒（保高徳蔵）昭和三十六年三月（第九巻三号）
川端康成氏の思い出（藤島泰輔）平成二年四月（第三十八巻四号）
お芙美さんの酒（扇谷正造）昭和三十六年三月（第九巻三号）
高見順の思い出（奥野健男）平成元年八月（第三十七巻八号）
火野葦平先生のこと（小堺昭三）昭和六十三年一月（第三十六巻一号）
ピジャマの一夜――坂口安吾氏のこと（横山隆一）平成元年二月（第三十七巻二号）
織田作之助と酒（青山光二）昭和三十六年三月（第九巻三号）
酒鬼・梅崎春生（巌谷大四）昭和四十年八月（第十三巻八号）
檀一雄の「蛍」の句その他（眞鍋呉夫）昭和六十四年一月（第三十七巻一号）

井上靖氏の思い出（巌谷大四）平成四年一月（第四十巻一号）
竹林の酒仙——富士正晴さんの思い出（津本陽）平成三年七月（第三十九巻七号）
夫、保高徳三と『文芸首都』と私（保高みさ子）平成四年六月（第四十巻六号）
開高クンと飲んだサケ（柳原良平）平成二年三月（第三十八巻三号）
Ⅲ　評論家・学者の酒

君たちは一軍半——大宅壮一先生のこと（大隈秀夫）昭和六十三年十一月（第三十六巻十一号）
お殿様はぼんぼん——河上徹太郎さんのこと（辻義一）平成二年九月（第三十八巻九号）
最後の鍋焼きうどん——亀井勝一郎先生のこと（利根川裕）昭和六十二年十一月（第三十五巻十一号）
「十九年文科」の酒——篠田一士の思い出（川村二郎）平成三年四月（第三十九巻四号）
父・原久一郎の酒（原卓也）平成二年十月（第三十八巻十号）

Ⅳ　詩人・歌人の酒

茂吉と酒——齋藤茂吉氏のこと（齋藤茂太）平成二年二月（第三十八巻二号）
夫・若山牧水の酒（若山喜志子）昭和三十九年十一月（第十二巻十一号）

父・北原白秋の酒（北原隆太郎）平成三年五月（第三十九巻五号）
「さけば」の詩人――萩原朔太郎さんの思い出（伊藤信吉）平成三年五月（第三十九巻五号）
中原中也の酒（大岡昇平）昭和三十六年三月（第九巻三号）
太陽の哀しみを……――草野心平氏の思い出（吉原幸子）平成二年十一月（第三十八巻十一号）
西脇順三郎さんの酒（佐藤朔）昭和四十二年一月（第十五巻一号）

Ⅴ　剣豪作家・推理作家の酒
長谷川伸と酒（村上元三）昭和六十三年六月（第三十六巻六号）
故江戸川乱歩先生を偲ぶ（山村正夫）昭和六十二年七月（第三十五巻七号）
木々高太郎氏の酒（中島河太郎）平成元年十月（第三十七巻十号）
山手樹一郎の酒（村上元三）平成四年三月（第四十巻三号）
お銚子一本半――池波正太郎さんの思い出（佐藤隆介）平成四年五月（第四十巻五号）

Ⅵ　流行作家の酒
周五郎の思い出（杉山吉良）昭和四十五年七月（第十八巻七号）
五味康祐先生のあの笑顔（色川武大）昭和六十三年四月（第三十六巻四号）

茂一と酒と女──田辺茂一氏のこと（早乙女貢）昭和六十三年十二月（第三十六巻十二号）
花登筐と酒と私（藤本義一）平成三年十月（第三十九巻十号）
追悼　酒友梶山（田辺茂一）昭和五十年七月（第二十三巻七号）

今日の人権意識に照らして、本文中に不適切と思われる表現や単語がありますが、当時の時代背景を鑑み、原文のままとしました。

（編集部）

中公文庫

「酒《さけ》」と作家《さっか》たち

2012年５月25日　初版発行
2017年１月30日　再版発行

編　者　浦《うら》西《にし》和《かず》彦《ひこ》

発行者　大橋 善光

発行所　中央公論新社
〒100-8152　東京都千代田区大手町1-7-1
電話　販売 03-5299-1730　編集 03-5299-1890
URL http://www.chuko.co.jp/

ＤＴＰ　嵐下英治
印　刷　三晃印刷
製　本　小泉製本

Published by CHUOKORON-SHINSHA, INC.
Printed in Japan　ISBN978-4-12-205645-9 C1195

定価はカバーに表示してあります。落丁本・乱丁本はお手数ですが小社販売部宛お送り下さい。送料小社負担にてお取り替えいたします。

中公文庫既刊より

各書目の下段の数字はISBNコードです。978－4－12が省略してあります。

う-30-2
私の酒 『酒』と作家たちⅡ
浦西和彦 編
雑誌『酒』に寄せられた、作家による酒にまつわるエッセイ49本を収録。酒の上での失敗や酒友と過ごした時間、そして別れを綴る。〈解説〉浦西和彦
206316-7

た-28-17
夜の一ぱい
田辺聖子
浦西和彦 編
友と、夫と、重ねた杯の数々……。四十余年の長きに亘る酒とのつき合いを綴った、五十五本のエッセイを収録、酩酊必至のオリジナル文庫。〈解説〉浦西和彦
205890-3

か-2-3
ピカソはほんまに天才か 文学・映画・絵画…
開高健
ポスター、映画、コマーシャル・フィルム、そして絵画。開高健が一つの時代の類いまれな眼であったことを痛感させるエッセイ42篇。〈解説〉谷沢永一
201813-6

か-2-6
開高健の文学論
開高健
抽象論に陥ることなく、徹頭徹尾、作家と作品だけを見つめた文学批評。内外の古典、同時代の作品、そして自作について、縦横に語る文学論。〈解説〉谷沢永一
205328-1

か-2-7
小説家のメニュー
開高健
ベトナムの戦場でネズミを食い、ブリュッセルの郊外の食堂でチョコレートに驚愕。味の魔力に取り憑かれた作家による世界美味紀行。〈解説〉大岡玲
204251-3

き-6-3
どくとるマンボウ航海記
北杜夫
たった六〇〇トンの調査船に乗りこんだ若き精神科医の珍無類の航海記。北杜夫の名を一躍高めたマンボウ・シリーズ第一作。〈解説〉なだいなだ
200056-8

き-6-16
どくとるマンボウ途中下車
北杜夫
旅好きというわけではないのに、旅好きとの誤解からマンボウ氏は旅立つ。そして旅先では必ず何かが起こるのだ。虚実ないまぜ、笑いうずまく快旅行記。
205628-2

く-11-1
昭和幻燈館
久世光彦
第二次世界大戦末期に少年期を過した著者が、記憶の回廊で反芻する建築、映画、文学など、偏愛してやまない昭和文化の陰翳を記す。〈解説〉川本三郎
201923-2

く-20-2
犬
クラフト・エヴィング商會
川端康成／幸田文 他
ときに人に寄り添い、あるときは深い印象を残して通り過ぎていった名犬、番犬、野良犬たち。彼らと出会い、心動かされた作家たちの幻の随筆集。
205244-4

こ-30-3
酒肴奇譚《しゅこうきたん》 語部醸児之酒肴譚《かたりべじょうじのしゅこうたん》
小泉武夫
酒の申し子「諸白醸児」を名乗る醸造学の第一人者で、東京農大の痛快教授が〝語部〟となって繰りひろげる酒にまつわる正真正銘の、とっておき珍談奇談。
202968-2

は-59-1
さびしい文学者の時代 「妄想病」対「躁鬱病」対談
埴谷雄高
北杜夫
夜ごと診断不能の大妄想にとりつかれる『死霊』の作者と性格改善薬でも治らない悪性躁鬱のマンボウ氏が文学からＵＦＯまでを語る奇抜で真摯な対談。
205142-3

は-59-2
難解人間vs躁鬱人間
埴谷雄高
北杜夫
世界的名著よりも面白く真に人間的な刺激と夢想を育くませてくれる革命的妖書。宇宙的に明らかに常識を超えた怪物対怪魚の大放談。〈解説〉宮田毬栄
205192-8

ま-17-14
文学ときどき酒 丸谷才一対談集
丸谷才一
吉田健一、石川淳、里見弴、円地文子、大岡信ら一流の作家・評論家たちと丸谷才一が杯を片手に語り合う。最上の話し言葉に酔う文学の宴。〈解説〉菅野昭正
205500-1

み-9-2
作家論
三島由紀夫
森鷗外、谷崎潤一郎、川端康成を始め、敬愛する十五作家の精神と美意識を論じつつ文学の本質に迫る、著者の最後を飾った文学論。〈解説〉佐伯彰一
200108-4

み-40-1
記憶に残る作家二十五人の素顔
水口義朗
文芸記者、ワイドショーの司会、そして『婦人公論』編集長を務めた著者が、近しく接した作家たちの素顔を綴る。渡辺淳一、開高健らの知られざる私生活。
205401-1

各書目の下段の数字はISBNコードです。978－4－12が省略してあります。

や-7-3
禁酒禁煙
山口　瞳
医者から酒と煙草を止められて「禁酒禁煙」と墨書してみる。断固禁酒と思う日でも、夕方にはだめになることも——男性自身シリーズより編集の好エッセイ集。
204292-6

や-7-4
旦那の意見
山口　瞳
酒は買うべし、小言は言うべし——エッセイ『男性自身』で大好評を博した著者が「最初の随筆集」と断じてはばからぬ、珠玉の自選名文集。〈解説〉山口正介
204398-5

よ-17-8
淳之介養生訓
吉行淳之介
持病の喘息とともに生き、肺結核や白内障といった数々の病を乗り越えた著者の、自らの健康と身体、晩年意識をめぐる随筆を纏めたアンソロジー。
204221-6

よ-17-9
酒中日記
吉行淳之介編
吉行淳之介、北杜夫、開高健、安岡章太郎、瀬戸内晴美、遠藤周作、阿川弘之、結城昌治、近藤啓太郎、生島治郎、水上勉他——作家の酒席をのぞき見る。
204507-1

よ-17-10
また酒中日記
吉行淳之介編
銀座や赤坂、六本木で飲む仲間との語らい酒、先輩たちと飲む昔を懐かしむ酒——文人たちの酒にまつわる出来事や思いを綴った酒気漂う珠玉のエッセイ集。
204600-9

よ-17-11
好色一代男
吉行淳之介訳
生涯にたわむれし女三千七百四十二人、終には女護の島へと船出し行方知れずとなる稀代の遊蕩児世之介の物語が、最高の訳者を得て甦る。〈解説〉林　望
204976-5

よ-17-12
贋食物誌《にせしょくもつし》
吉行淳之介
たべものを話の枕にして、豊富な人生経験を自在に語る、洒脱なエッセイ集。本文と絶妙なコントラストを描く山藤章二のイラスト一〇一点を併録する。
205405-9

よ-17-13
不作法のすすめ
吉行淳之介
文壇きっての紳士が語るアソビ、紳士の条件。著者自身の酒場における変遷やダンディズム等々を通して「人間らしい人間」を指南する洒脱なエッセイ集。
205566-7